真の仲間じゃないと
勇者のパーティーを
追い出されたので、
辺境でスローライフする
ことにしました10
Banished from the brave man's group,
I decided to lead a slow life in the
back country.10
ざっぽん
illust.やすも

CONTENTS

Illustration：やすも
Design Work：伸童舎

真の仲間じゃないと勇者のパーティーを追い出されたので、辺境でスローライフすることにしました10

ざっぽん

角川スニーカー文庫

23128

Illustration：やすも
Design Work：伸童舎

CHARACTER

レッド
(ギデオン・ラグナソン)

勇者パーティーを追い出されたので、辺境でスローライフをすることに。数多くの武功をあげており、ルーティを除けば人類最強クラスの剣士。

リット
(リーズレット・オブ・ロガーヴィア)

ロガーヴィア公国のお姫様にして、元英雄的冒険者。愛する人との暮らしを楽しむ幸せ一杯なツン期の終わった元ツンデレ。

ルーティ・ラグナソン

人類最強の加護『勇者』をその身に宿すレッドの妹。加護の衝動から解放され、ゾルタンで薬草農家と冒険者を兼業し、楽しく暮らしている。

ティセ・ガーランド

『アサシン』の加護を持つ少女。暗殺者ギルドの精鋭暗殺者だが、今は休業してルーティと一緒に薬草農家を開業中。

ヤランドララ

植物を操る『木の歌い手』のハイエルフ。好奇心旺盛で、彼女の長い人生は数え切れない冒険で彩られている。

ダナン・ラボー

療養生活を終えて張り切る人類最強の『武闘家』。スローライフという概念が理解できない生粋の脳筋。

ヴァン・オブ・フランベルク

もう1人の『勇者』。魔王軍に故国を滅ぼされた亡国の王子。レッド達の導きによって『勇者』とは何か考えるようになった。

エスカラータ・ディアス(エスタ)

正体を隠したテオドラ。その強さと経験を買われて勇者ヴァンのサポートとして雇われた。遅咲きの初恋に戸惑う仮面の傭兵。

ラベンダ

小さな妖精。密林でヴァンと出会い、恋をして押しかけ同然にパーティーに加わった。自分勝手で人間に興味もないが、ヴァンだけは別。

プロローグ

今は昔の話

今は昔。

どのくらい昔かというと、先代勇者によって先代魔王が倒され、魔王の帝国の跡から人間の時代が始まった時代よりずっと昔。

つまり人間がこの大陸の少数種族に過ぎなかった頃だ。

その頃にはゾルタンという名前は無かった。

かつてここに住んでいたウッドエルフ達は、この地に流れる川を様々な名で呼んだ。

朝は大山脈から昇る朝日の映る川という言葉で呼んだ。

昼は魚が跳ねる白い川という言葉で呼んだ。

夕暮れは虫の羽音を聴く時間という言葉で呼んだ。

夜は2つ月が流れ踊るという言葉で呼んだ。

ウッドエルフ達は、万物は流転するという彼らの価値観によって固有の名をつけることを避け、形容によって世界を表現しようとした。

彼らの目には、今日の景色と明日の景色は別の世界のように見えていたのだ。

だが唯一、現在はゾルタンと呼ばれるこの地を、ウッドエルフ達はたった1つの変わらない名で呼んだ。

『勇者の災い』

それも今は昔の話。

第一章 彼らの脇役の物語

レッド&リット薬草店。

朝の日差しを浴びながら、俺は眠気覚ましに体操をする。

勇者ヴァンと戦い、妖精《ようせい》の集落から戻ってきたのが昨日。

俺は全員無事に生き残れたことを喜びながら、こうして元の日常に戻ってきた。

だが戻らないものもある。

「銅の剣が折れてしまったな」

家の扉の側に折れた銅の剣が立て掛けてある。

ヴァンとの戦いで俺の剣は真っ二つに折れてしまった。

ヴァンに渡したもう一振りの銅の剣も、戦い終わって回収すると鞘《さや》に納まらないほど歪《ゆが》んでしまっていた。

『勇者』の武技に耐えられなかったのだ。

しかし、それが武技の威力を減じた要因だろう。

「銅の剣での戦いじゃなければ俺は死んでいたな。アレスから押し付けられた時は、もう命をすり減らすような戦いから離れるという決意のために意地になって使っていたんだけれど、銅の剣に命を救われるとは」

今回だけではない。

神・降魔の聖剣《セイクリッドアベンジャー》によって『勇者』の加護を暴走させたルーティとの戦いにおいても、銅の剣の弱さが俺とルーティを救ってくれた。

「旅をしていた頃は強い剣を求めていたけど、旅を止めてスローライフを始めてから見えてくるものもあるんだな」

剣の道とは奥深い。

「歳をとったら町道場でも開こうかな」

「いきなり何を言い出すのよ」

リットが、窓から身を乗り出してそう言った。

リットとのおはようの挨拶《あいさつ》はもう済ませている。

一緒のベッドで眠っているわけだから、片方が起きたら同じタイミングで起きることがほとんどだ。

お互い相手が眠っていたら起こさないよう気をつけてベッドから出るようにはしているのだが、不思議と特に決めていないのに同じ時間に目がさめる。

今朝もお互い眠気の残るトロンとした目で「「おはよう」」と挨拶を交わして笑った。

それはささやかだが、幸せな1日の始まりだ。

「町道場ね……私もショーテルを教えようかしら」

「ゾルタンでも流行《はや》らせるか？」

「ショーテルはいいよー、これ1本でどんな状況にも対応できちゃう！」

「うちの騎士団はロングソードかサーベルが正式採用された武器だったから、ショーテルの扱いはよく分からないんだよな」

「レッド&リット流剣術道場、教えられるコースは銅の剣コースとショーテルコースだね」

「うん、珍しすぎる剣術道場だな」

いろんな町や村を旅してきたが、この組み合わせの道場は見たことがない。

まぁそもそも銅の剣を専門に教える道場自体が見たこと無いが。

ショーテルだって流行っている地域は決して多くない。

ロガーヴィアで使われているのは、50年前のゴブリンキングの大侵攻の際にロガーヴィア公国が雇った南方の傭兵《ようへい》達が使っていた影響だ。

活躍によりそのまま移住を認められた傭兵達は南方の戦術を伝え、ロガーヴィア公国の軍事力を高めることとなった。

北部の国々のうちロガーヴィアでだけショーテルが流行ったのはそういう経緯がある。

「こんなに便利な剣なのに」

リットは、ショーテルがアヴァロン大陸で使われている剣の中でもマイナーな部類にあるのが納得いかないようだ。

……俺もショーテルを騎士団の基本武器として採用提案するのは二の足を踏むけど。

「むー」

俺の表情を見て、リットは頬を膨らませ練習用のショーテルを取り出し俺に差し出した。

「朝の体操の続き！　レッドにもショーテルの使い方を教えてあげる！」

「ショーテルか、一応騎士やってた時に一通りの使い方は学んだけど」

「それ自分が使うための訓練だったの？」

「いや、ショーテル使いと戦闘になった時のために、どういう剣なのか知っておく訓練だ」

「そんなんじゃショーテルの魅力は伝わらないわよ、ちゃんとショーテルの良さを分かっている人に教わらないと」

俺はリットからショーテルを受け取る。

「それじゃあショーテル愛のある手ほどきお願いするか」

「任せて！　私のショーテルとレッドへの愛をこめた特訓で、レッドもショーテル使いにしてみせるから！」

言ってからリットは照れて顔を赤くしていた。

可愛い。

＊　　＊　　＊

ショーテルという刀剣は、半円を描くほど大きく湾曲した両刃《りょうば》の刀だ。

その湾曲を活《い》かし、盾を越えて相手に切っ先を届かせたり、馬上の相手を引きずり下ろしたりといった使い方ができる。

代わりに大きく湾曲している分、重心が普通の剣と違って扱いにくい点やリーチが短い点が欠点として挙げられるだろう。

「ロガーヴィアの剣士に言わせれば、リーチに頼るものは剣士たりえないわ。リーチが欲しいなら剣なんて使わず長槍《ながやり》でも使えばいいのよ、手にした剣に合わせた技術こそが剣士の証《あかし》なんだわ」

リットはそう熱弁している。

長大な武器は派手だが、どれだけリーチに優れた武器だろうが、相手の刃がこの体に届く前に、こちらの武器が相手の武器に触れられる間合いがある。

武器が長ければ長いほど、手元と切っ先の距離は離れる。

アヴァロニア王国の剣術において、手元から離れた部位は制し易《やす》く、相手の剣の切っ先を自分の剣の鍔《クロスガード》に近い部位で防ぎ反撃に転じるのが、防御の理想形の1つとされている。

技術のない力任せの長剣使いは、防御の技をマスターしていればナイフ1本で簡単に倒せるのだ。

「ショーテル使いにとってリーチの短さはなんの不利にもならない、ほらレッドも構えて！」

俺はリットから渡された練習用のショーテルを構えた。

「うーん、ちょっと違うかな」

リットは俺の背後に回ると、背中から手を回し俺の構えを調整する。

「右手はもう少し上で、手首はもっと立てて……そうそう、そんな感じ」

俺は文字通り手取り足取り教えてもらう。

「普段のリットの構えを真似たつもりだったんだが」

「私のは応用よ、基本の構えはこう。ほら、前にアルに教えた時の構えよ」

アルか、あの子が俺達と一緒に過ごした日々も、もう懐かしく感じるな。

今は一端《いっぱし》の冒険者として活躍しているようだ。若き天才剣士アル……そう呼ぶ者さえいる。

これからはもうゾルタンに戻ってくることも無くなるだろう、顔を見ることもしばらく無いだろうな。

「でもアルが故郷に戻った時、この店があったらホッとすると思うんだ」

「そうね、もうこの店にはアルの冒険に役立つようなすごい薬はないかもしれないけど、最初の冒険は生涯忘れないものだから」

「それも薬屋の醍醐味《だいごみ》かも知れないな」

俺達はそう言って笑い合う。

それからしばらく、リットと2人でショーテルを振るいながら汗を流したのだった。

＊　　＊　　＊

「陳列終わったよ！」

「予約されていた薬のチェックも終わった！」

俺達は大急ぎで開店準備を進めている。

リットと汗を流すのが楽しくて、つい長くなってしまったのだ。

というか間に合いそうにない、開店は10分ほど遅れる見通しだ。

「まぁそれもゾルタンらしさだよね！」

「朝イチで来た客がいたら茶を出して待ってもらうか」

王都なら怒られるだろうなぁ。

だけどここはゾルタン、待つことも待たせることも、みんな驚くほど無頓着《むとんちゃく》だ。

旅をしていた頃の俺なら、待っている時間で色々なことができたはずなのにとイライラしていただろう。

……あの頃はやるべきことがどうしようもないほどたくさんあった。

たった数人で世界規模の大戦争の勝敗をひっくり返す。

そんな無理を『勇者』の力で無理やり通す、そういう旅だった。

大陸を縦断する巨大な戦線。敗北と後退を続ける各国。

単身ダンジョンに飛び込んで、悪の魔法使いやドラゴンを倒してハッピーエンドとはいかない。

魔王軍は高度な指揮体系を持つ軍隊だ。指揮官を失ったら、別の指揮官が迅速に指揮を引き継ぐ。

もちろん指揮官を失えば多少の混乱はある。

だが軍は崩壊しない。

軍同士の戦争と同じ程度の損害を、『勇者』個人の力で達成しないといけない。

数人で何百何千という屍《しかばね》の山を築いて、ようやく1つの戦場に勝利できる。

それを何度繰り返せば大陸を縦断する戦線を押し返せる？

神の定めた『勇者』の役割だとしても、あまりにも非現実的だと俺は思った。

だから俺は、『勇者』を、戦争で人間側の軍勢が勝てる戦場にするための力として行動した。

仲間が休んだ後、俺は〝雷光の如き脚〟で付近の町を回って情報を集め、その地の軍を率いる将軍達と交渉し、戦略を練る。

どこを守り、そしてどこを切り捨てるかを1人で決める……ルーティには相談できない、『勇者』は他人を見捨てるという判断ができないから。

だから俺がやらなければならなかった。

「レッド」

リットが俺の頬に手を当てて言った。

その手の温かさが俺の意識を思考の中から引き戻す。

「今日も楽しい1日にしようね！」

「ああ、きっと楽しい1日になるさ」

あの日々は過去のこと。

休む暇もない戦いは俺の精神に大きな傷を残していたが、それもリットと一緒に過ごした日々や、ルーティが『勇者』から解放されたことで俺も救われた。

半年程前にはまだ、俺は剣が手の届くところに無いと眠ることさえできなかったのだ。

こうして剣が折れ、何も武器を持たない状態でも心穏やかに過ごしているなんて、とてもできなかった。

カランと音がした。

「いらっしゃいませ！　すみません、まだ開店の準備ができていなくて。お急ぎでなければお茶をお出ししますので待っていていただけますか？」

「もちろん構わないよ、お茶を貰《もら》えるとは嬉《うれ》しいねぇ」

客として来たハーフドワーフのお婆さんはそう言って穏やかに笑っていた。

＊　　＊　　＊

午前10時を過ぎ、朝の客入りも一段落ついた。

冬の間は寒がって外に出なくなっていたゾルタン人達も、暖かくなってからは積極的に外に出るようになったようだ。

まぁもう少し暖かくなれば、今度は夏の暑さで外を出歩かなくなるのがゾルタン人なのだが。

今が一番活動的な時季なのだ。

「今日は本当いい天気だよね！」

リットが窓から身を乗り出して言った。

今日は春らしい麗《うら》らかな空だ。

ゾルタンの短い春の間に、今日のような空を眺めることができる日があと何回あるのだろう。

そう思うと、今日という日がより愛《いと》おしいと感じる。

俺はリットの隣に並んで一緒に窓の外に広がる空を眺めた。

頬を撫《な》でる春の風が気持ちいい。

この世界は戦いに満ちているが、穏やかな時間はたしかにここにある。

大切な人と並んで外を眺める。

これまで騎士として、あるいは英雄として受けたどんな称賛よりも、この静かな時間に幸せを感じている。

英雄としての資質とは何か。

俺はルーティを守るために強くなろうとしてきただけで、英雄としての栄光を求めていたわけではなかった。

「リットはどうなんだ？　強くなろうとしたのは英雄としての栄誉を求めてだったりするのか？」

「うーん、そうだねぇ」

リットは風の心地よさに目を細めながら、俺と一緒にスローライフを始める前の頃の自分を思い出しているようだった。

「栄誉とはちょっと違ったかな、私は自分の思い通りに生きたかった」

「思い通り？」

　リットはロガーヴィア公国の王女だ。

　ロガーヴィア公国は軍事大国として知られ、同盟を結んでいるアヴァロニア王国を除いた周辺国とは様々な外交問題を抱えており、ロガーヴィアの王侯貴族は皆武門としての気概を持っている傾向がある。

　それでもリットのように、王城を抜け出して身分を隠して冒険者をやるようなお姫様は滅多《めった》にいない。

「私だけじゃないわよ！　みんな私のこと不良姫みたいに言ってたけど、父上だって若い頃には師匠と一緒に身分隠して世直しの旅なんてことやってたんだからね！　当時王太子だった父上がそれやっているのに比べたら、領地を受け継ぐ予定もない気楽なお姫様が外で暴れるくらいなんてことないじゃない！」

「なるほどなぁ、リットのお転婆《てんば》はお父上に似たのか」

「若い頃はそんなだった父上が王位を継いで結婚して子供ができたら、ずっと真面目で厳格な王様だったみたいに言われるんだから変な話よね！」

　リットは面白そうに笑い声を上げた。

「でもリットはお父上のこと好きだろ？」

「うん、国のために厳格で冷静な王としていようとする部分も、家族思いで優しい父親としての部分も、1人の剣士として理想のままに暴れたいと思っている部分も、たくさんの矛盾した感情を抱えて、そのどれも捨てずに自分らしくある父上を私は尊敬しているの」

俺もロガーヴィア王とは少し話をしたが、冷静に戦局を見極められる賢君という側面しか見ることができなかった。

外から来た人間である俺達に、ロガーヴィア公国において最も練度の高い兵団である近《この》衛《え》兵《へい》隊の指揮権を与えるという選択ができる王。それがどれだけ勇気が必要な選択かは、騎士であった俺にも分かる。

悔しさもあっただろう、自分の国の命運を他人に預けるのだから。

それを呑《の》み込める人だった。

「ふふっ、確かにレッド達の前ではそういう表情しか見せていなかったものね。でも、レッド達にそれを伝えた日、夜に剣の訓練してた父上は練習用のショーテルを折っちゃったのよ」

「練習用のショーテルを……そうか」

「心の乱れが太刀筋に出ちゃったのね、父上ほどの達人が剣を折るなんて……」

リットは勇者のパーティーとしてロガーヴィアを訪れた俺達に張り合った。

自分達だけで故国を守れると証明して、俺達に近衛兵隊の指揮権を与えるという決定を覆そうとしたのだ。

それはリットの師匠であるガイウスが近衛兵隊の隊長だったということもあったが……自分の力だけで国を守れない父親の無念もあったからだったのだろう。

「それで最初の質問に戻るけどね、私がなんで城を飛び出して冒険者をやっていたのか」

リットは外の景色から俺の方へと向き直る。

1つの窓に並んでいたから、2人の距離は体温が感じられるほど近い。

「私は英雄になりたかったわけじゃないの、結果として英雄リットと呼ばれるようになったけれど、それは結果であって目的じゃなかった」

「じゃありットにとって、冒険とは何だったんだい？」

「自由よ。私は自分の心のまま、自由に生きたかった。誰かを助けたいと思ったから走った、許せない悪いやつがいたから戦った、お姫様でありたい時はお姫様として振る舞った……私はロガーヴィアが好きだから救おうとした。全部自分の思うがまま、自由だった……だから英雄にも縛られたくなかったの」

「英雄に縛られる、か」

「そう、英雄としてのイメージ。勇敢で恐れず、涙せず、誰もが憧《あこが》れる理想像、なんて存在に私はなりたくなかったの。死にたくなければ逃げて、泣きたい時には泣いて、怒りたい時には怒る、自由でありたかった」

「なるほど素敵だ、リットらしい」

「それが私が冒険をした理由。それは今も変わらない」

リットは俺の首に手を回しぎゅっと抱きついてきた。

「自由な私は、自分の意思でここにいる。レッドとずっと一緒にいたいと思う私の意志。私は冒険をしていた時も、こうしてレッドと抱き合って幸せに浸っている時も、ずっと変わらないの」

「リットは強いな」

そんなリットと一緒に過ごせたからこそ、俺は立ち直ることができたのだ。

俺はリットの背中に手を回して抱きしめ返す。

「ありがとうリット」

「ふふ、私からも、ありがとうレッド」

俺も自分の自由な意思でリットと一緒にここにいる。

そんな想いで溢《あふ》れていると……。

カランとドアベルが鳴った。

俺達はパッと離れて何食わぬ顔で作業しているふりをする。

「「いらっしゃい」」

俺達は引退したとはいえ百戦錬磨の戦士だ。

ドアを開けて視界が広がる前に、抱き合っていた状態から真面目に働いていた状態へと切り替えることくらい容易《たやす》いことだ。

「こんな気持ちの良い日なのに真面目に働いているなんて、感心なことだね」

「ニューマン先生」

店にやってきたのは医者のニューマン先生。

「注文があるなら配達したのに」

「あまりにも気持ちの良い日だから、私も少しサボって散歩がしたくなってね。今日は良い日だよ」

ニューマン先生の言葉に俺はうなずいて同意する。

「俺もあとでリットと2人で散歩しようと思っていたんだ」

「それはいい考えだね。ああ、痛み止めを2ダース、止血剤と包帯も」

「結構な量だな、俺が診療所まで運ぼうか？」

「いやいいんだ、若い頃は薬箱を担いで旅医者をやっていたのだから、これくらいなんてことはないよ」

ニューマン先生は俺が並べた薬を革の鞄《かばん》の中に詰めていく。

「……リュブ枢機卿《すうききょう》の容態は？」

「もう危機は脱したよ。治癒魔法をかけるタイミングが遅すぎたからしばらくは動けないし傷も残るだろうが、もう命にかかわることはない。すさまじい生命力だ、それに生きようとする意志の強さは常人とは比べ物にならない」

「あの聖方教会の総本山で枢機卿に上り詰めただけはあるか」

「ゾルタンではお目にかかれないタイプだね」

ニューマン先生の表情に影がさした。

リュブ枢機卿は現在ニューマン先生の診療所にいる。

リュブ枢機卿は暴走した勇者ヴァンに刺され倒れていたそうだ。

並の冒険者なら即死するような大怪我だったが、リュブ枢機卿は上級加護の『枢機卿《カーディナル》』を持ち、加護レベルも勇者ヴァンの仲間として旅ができるほど高い。

何より幸運だったのは倒れた場所が宿だったことで比較的早期に倒れているところを発見され、手当てを受けられたことだろう。

すぐに駆けつけられたのは、加護レベルが低く弱い治癒魔法しか使えない術者だけだったが、それでもリュブ枢機卿が死ぬまでの時間を大きく遅らせ、ニューマン先生が駆けつける時間を稼いだ。

「……大丈夫なのか？　ニューマン先生にとって、リュブ枢機卿は師の仇《かたき》だろう」

かつてニューマン先生に医学を教えた師匠にあたる医者を、リュブ枢機卿は自分のパトロンとなっている医者達のために異端者として追放した過去がある。

「そうだね……もちろん憎い、殺してやりたいとも思ったさ。私がほんの少しでも手を滑らせてしまえば、リュブは死んでいたのだからね」

「仇を助けるのは辛《つら》いだろう、だが枢機卿を殺せばニューマン先生だってタダじゃ済まない。それが医療ミスであっても、いやニューマン先生が『医者』の加護持ちだからこそ、医療ミスは加護の役割を果たしていないと難癖つけられて、調べに来た聖地の異端審問官に連れて行かれるはずだ」

「医者がミスをするのが異端と言われたら辛いところだね。もちろんミスをしないように気をつけてはいるが」

「枢機卿が死んだとなれば教会だって強引になる。だから……リュブのことは他の診療所に任せても良いんじゃないか？」

ニューマン先生は首を横に振った。

「レッド君、私はね……教会の教えに対しそんなに信心深い方ではない。なにせ異端審問官にひどい目に遭わされたのだから。それでも今回のことはつい神に感謝してしまったよ」

「感謝？」

「私はリュブにすべてを話した。動けない身で、自分を恨んでいる人間が生殺与奪の権利を握っていると分かると、あのリュブも恐怖で表情をこわばらせていた……私に赦《ゆる》しを乞《こ》うたんだ」

「だろうな、リュブは生き残るためならどんな相手にでも頭を下げられるタイプだ」

「だが私が許すことはない、これからも一生恨み続けるだろう」

普段の温和なニューマン先生の表情とは違う、暗い怒りで曇った表情。

「でもあなたはリュブを殺さなかった」

「もちろんだ、私は医者だ。どれほど憎かろうが、私は医者としてリュブの命を救う。それが、私が先生から受け継いだ医者としての在り方だ。両腕を理不尽に失ってなお、私に知識を残し病人を救おうとした先生の弟子としてヤツに与える決着だ」

「決着」

「私はようやく、私を苦しめてきた過去に勝利しようとしているんだ」

「そうか、だったらニューマン先生が治療をしないとな」

俺がそう言うと、ニューマン先生は笑った。

ニューマン先生は薬の確認を終え、鞄を肩に掛けた。

「ありがとう、多分私は誰かに話を聞いてほしかったんだと思うよ」

「俺みたいなただの薬屋で良ければいつでも話を聞くさ。特にニューマン先生はお得意様だからね」

「ただの医者とただの薬屋のありふれた会話だ」

ニューマン先生はそう言って微笑むと、自分の診療所へと戻っていった。

店は静かになった。

「みんな色々なものを抱えているのね」

リットは感慨深そうに言った。

俺やリットもそうであるように、店に来る客1人1人にもそれぞれの物語がある。

その重さは誰も変わらない。

「だから俺は『勇者』だからってルーティただ1人に世界の命運を背負わせるのが嫌だったんだ」

人は誰しも自分の物語を生きている。

それが生まれつき『勇者』の加護を与えられた少女と、『魔王』の加護を与えられたデーモン、たった2人の戦いで結末を決められてしまっていいのだろうか？

他のすべての人は、『勇者』と『魔王』の物語の脇役でしかないのだろうか？

「そんなことはないと、俺は信じている。デミス神のご意思がどうあっても、人の意思に意味はあるはずだ」

生まれつき『勇者』の役割を与えられたのではなく、世界を救おうと思う意志を持てば、誰だって勇者だ。

それは『勇者』のように最強の力を持っていなくとも、１人ではなく大勢の勇者と共にきっと世界を救うことができる。

「今思えば」

リットが思い出した様子で言った。

「ロガーヴィアで私はあんなにレッド達のことを邪魔していたのに、レッドは私のこと邪険に扱わなかったのって、今話したことが関係するのかな」

「戦術的にはなんてことをしてくれるんだと思っていたが、俺達のことを勇者だと認めその力を知りつつも、自分の意思で故国を救おうとしていたリットの姿は格好良く見えていたよ」

「えへへ」

「あと自信満々に突っ走って失敗する姿が可愛かった」

「うぐっ」

リットの表情が固まり、顔が少し赤くなる。

まぁあの時のリットは俺達に対抗するという意識が強すぎて魔王軍の戦力を把握しきれていなかった。

戦う相手が見えていない状況で勝てるほど魔王軍は弱くない。

だが。

「ルーティが勇者を辞めてからもう少しで半年だけど、戦況は悪くないみたいね」

「少しずつ人類側が勝利しているようだ」

一時期は敗走を重ねていた人類だったが、勇者ルーティの活躍によって態勢を立て直す時間を稼ぐことができた。

魔王軍の軍事力はアヴァロン大陸各国の軍事力を遥《はる》かに凌駕《りょうが》するが、魔王軍は大海を越えてこの大陸を侵略しているため物量では人類が勝る。

緒戦において人類は集結することなく各国が独自の考えで戦った結果、どの国も魔王軍に各個撃破されてしまった。

隣国に魔王軍が攻め込んできているからといって、相手の国境を越えて勝手に援軍を派兵できるほど人間の国家は単純ではない。

デミス神は悪の魔王軍が攻めてくれば勇者のもとに人類が集結すると思っていたのだろうか？

実際は明日世界が滅ぶとしても、明後日のパワーバランスを考え協力できないのが人間の国家というものだ。

だが今や中立を宣言し、実質魔王軍側についていたヴェロニア王国ですら人類側に復帰し、アヴァロン大陸の各国はほぼ一丸となって戦っている。

対して魔王軍は、侵略の要《かなめ》であった航空機動戦力である風の四天王ガンドールとワイヴァーン騎兵を失った。また河川を制圧していた水の四天王アルトラがエスタとの戦いに敗走しサーペント部隊が壊滅した。

巨大な戦線を支えていた機動力のある2つの部隊を失った魔王軍は、戦線を維持できなくなり占領していた土地を少しずつ奪い返されている。

もちろん魔王軍の強大さは変わらないが、このまま物量差で押し切れると俺は予測している。

「だけど問題は戦線が縮小してからだな」

占領していた土地を放棄し、戦線を縮小すれば魔王軍は兵站《へいたん》を維持できるようになる。

おそらく旧フランベルク王国国境の要塞《ようさい》で人類側の反撃は止まるだろう。

膠着《こうちゃく》した戦線、普通ならそこらで講和を結んで戦争を終えるところだが……今のところ外交的なアプローチのない魔王軍が交渉の席につくのかは分からない。

仮に英雄的軍師の類《たぐい》まれなる作戦によって要塞を突破し、この大陸にいる魔王軍を撃滅したとしても、人類の造船技術と航海技術では暗黒大陸への航路を確保できない。

魔王軍の領土に攻め込むことは不可能であり、魔王軍の脅威を完全に取り除くことはできない。

「まっ、そういうのを考えるのは王や将軍の役割だな」

「そうね、私達は魔王軍の戦争の目的が何なのかすら知らないわけだし」

リットが肩をすくめてそう言った。

「神が悪と定めた軍団だからと思考停止するのも違う気がするんだよなぁ。多分、今の魔王には何か目的があるはず」

考えても答えは出ない。

いや、これまでは考えないようにしていたのかも知れない。

正義の『勇者』が悪の『魔王』を倒す物語とは違う、『勇者』と『魔王』の加護が存在する意味を探す物語。

それは神と世界に挑むような壮大な冒険になるだろう。

かつての俺はルーティを『勇者』から解放する方法を探して、『勇者』について調べていた。

アヴァロン大陸最大の国家であるアヴァロニア王国、その精鋭バハムート騎士団の副団長という地位を利用して記録を調べ尽くした。

それでも答えは出ない、これ以上のことは聖方教会の聖地ラストウォール大聖砦《だいせいじょう》の秘密書庫を調べるしかないだろう。

教父か枢機卿のみにしか開放されない、神の代理人である聖方教会の歴史がすべて保管されているとされる秘密書庫になら『勇者』と『魔王』の意味に近づける何かがあるかも知れない。

それも今は過去の話……そう思っていたが。

「これから旅立つ勇者ヴァンに対して、俺がこのゾルタンでできることはやらないとな」

かつて『勇者』と共に旅をした『導き手』として、ヴァンが『勇者』として戦うというのなら責任を果たすべきなのだろう。

「それで古代エルフの遺跡に向かう予定はいつになったの？」

リットが俺に聞いた。

「ヴァンがまさかリュブ枢機卿《すうききょう》を刺していたとは思わなかったからなぁ」

「ヴァンはそれほど不安定な状況だったってことよね」

「『勇者』の加護が、あんな形で暴走することがあるとは思わなかった。まぁ『勇者』の暴走なんて聖方教会の教義からしてもあってはならないことだし、記録に残らないのも仕方がないのか」

正義の『勇者』が自分を見失って仲間を殺そうとする。

そんなケースが他の勇者にもあったのだろうか？

「明日、リュブ枢機卿の様子を見てきて、それから予定を決めるつもりだよ」

「じゃあ明日から忙しくなってもいいように、今日はのんびりしようね」

「そうだな、明日の悩みは明日考えることにしようか」

俺の言葉に、隣に座るリットは白い歯を見せニコッと笑った。

考え事は終わりにして、リットとともに過ごす時間に集中するとしよう。

＊　＊　＊

「そろそろお昼を作るか」

「やったー！」

リットの嬉《うれ》しそうな声に俺も嬉しくなってしまう。

リットと一緒に暮らすようになったのが去年の夏の頃。

こうしてリットのためにお昼を作るのも日常になって久しいが、リットはいつも嬉しそうに喜んでくれる。

それが本心からの言葉なのだから、作る俺としても嬉しいことこの上無い。

今日は特別な日とかでは全然ないのだが……。

「よし、今日は気合いを入れて美味《おい》しいもの作るか」

「本当⁉　一体何を作るの⁉」

「そうだなぁ、今日は春野菜のステーキ添えを作るか」

「ステーキの春野菜添えじゃなくて？」

「いや春野菜がメインだ、ステーキが付け合わせ」
「確かに旬の野菜って美味しいよね、すっごく楽しみ！」
リットの浮かれた声に見送られ、俺はキッチンへと移動した。
さて腕によりをかけ、お昼を作るとするか。
棚からおろしたのは、薬の代金の代わりに貰《もら》ったカゴいっぱいの春野菜。
「どれも瑞々《みずみず》しいな、美味しいうちに食べてしまおう」
手にとった玉ねぎの香りに、俺は美味しくなることを確信して笑う。
肉は高いものではなかったが、この野菜達は一級品だ。
やはり野菜を主役にするのが良いだろう。
エンドウ、アスパラ、玉ねぎ、パプリカをバターで柔らかく煮たグラッセ。
ハルシメジと菜の花とニンニクを炒《いた》めてガーリックソテー。
パプリカのアンチョビチーズ載せオーブン焼き。
そして、オリーブオイルで焼いただけのシンプルな野菜グリル。
肉はビーフシチュー用のつもりで買ったロース肉。
柔らかくするために筋にしっかりと切り込みを入れ、よく叩《たた》いてから調理する。
ソースはトマトをベースに野菜にも合うように味を調整していく。

お昼を作り終わる頃には普段のお昼の時間をすっかり過ぎてしまっていた。

1つ1つはそれほど難しい料理では無いが、家庭用のキッチンで作るには種類が多すぎる……ちょっと気合いを入れすぎたな。

最後に白パンと、水差しにカットしたレモンとハーブを浮かべて。

「お待たせリット！　テーブルに並べるのを手伝ってくれ！」

「待ってました！」

お店の方からリットの嬉しそうな声が聞こえた。

＊　＊　＊

お昼休憩中の看板をかける。

2人いるのだから交互に休憩を取れば店を閉めずに済む……なんて今更の合理性は、リットと2人でお昼を食べるという幸せの前にかなうはずがない。

「いただきまーす！」

ナイフを入れたら肉汁が滴るステーキ。

バターの甘みで色とりどりに輝くグラッセ。

菜の花の緑が春らしいガーリックソテー。

赤いパプリカは、ドロリととろけたチーズが盛られ、食べればアンチョビの香りと旨味《うまみ》が広がる。

無造作に盛られた野菜のグリルは、シンプルだからこそ新鮮な春野菜の美味しさが見ているだけで伝わってくるようだ。

水の入ったコップからはかすかにレモンとハーブの香りが漂っている。

リットはガーリックソテーから手を付けた。

「うふふ、美味しい！」

リットは顔を綻《ほころ》ばせて言った。

「まず食感がいいよね！」

ハルシメジも菜の花もシャキシャキとしていて食感が良い。新鮮なものは特に。

「そしてステーキとすごく合ってる」

二口目にステーキを食べたリットはそう言った。

ステーキは中にうっすらとしたピンク色が残る程度、ミディアムウェルに焼き上げられナイフを引けばすっと切れるほど柔らかい。

高い肉ではないが、十分な下ごしらえと肉質に合わせた焼き加減にすることで食べやすいステーキになっている。

「んー！　今日のお昼も幸せ!!」

リットの嬉しそうな声が何よりの報酬だ。

俺もリットと同じガーリックソテーから手を付ける。

リットと一緒に食べるガーリックソテーは、味見した時よりもずっと美味しかった。

＊　　＊　　＊

昼食後、俺達は仕事に戻る。

しばらくして。

「リットー、いるー！」

声量は小さいのに扉を隔てた家の中までよく通る声がした。

「ラベンダか」

「レッドは嫌い！　べー！」

店に入ってきたのは小さな妖精《ようせい》。

俺の顔を見て、ラベンダは小さな舌を出して言った。

「嫌われてるなぁ」

「レッドはヴァンを傷つけた人間なんだから、時が死に絶える日まで大嫌い！」

そうは言いつつ、攻撃されていないということは良い関係を築けているのだろう。

なにせ相手は気まぐれな妖精の中でも特別な存在。

災害の妖精ケートゥ。

それがラベンダの本当の名だ。

あの小さな姿は本質を縛って抑えた姿なのだ。

リットとルーティの2人を相手に渡り合った神話級の大妖精《アークフェイ》。

あれでまだ完全に力を解放したわけではなかったそうで、本気を出したら魔王軍四天王以上の実力者なのだろう。

「俺達の旅の時にもラベンダがいてくれたら、戦いもずいぶん楽できたのになぁ」

「私はヴァン以外と旅するつもりないし！　それに私はヴァンが可愛いと言ってくれたこの姿が気に入ってるの。この姿で出せる本気までしかヴァンとの旅でも出さないつもり！」

「前のは例外か」

「まぁあの時はヴァンが大変だったから……ヴァンのことを助けてくれたのはちょっとだけ感謝してるけど……でも傷つけたのには変わりないから大嫌い！」

ラベンダはまた怒り出して俺を睨《にら》んでいる。

俺は苦笑して、ラベンダの後ろにいるエスタに視線を向けた。

「何だかんだ言っても、ルーティ殿のパーティーは正統派だったと思うようになったよ」

エスタは仮面の向こうで笑った。

「私達のパーティーときたら、未完成な勇者ヴァン、気まぐれな災害の妖精ラベンダ、強欲で俗物な枢機卿リュブ、導き手になりたい仮面を被《かぶ》った怪しい私、そんな私の従者として走り回るアルベール……目的すらバラバラだ」

「俺が走り回って皆さんのお役に立てるなら願ったり叶《かな》ったりですよ」

店にやってきたのはラベンダ、エスタ、アルベールの3人だ。

「エスタも嫌い！」

ラベンダはエスタにも舌を出すと、リットのところへ飛んだ。

「ねぇリット！　恋の話をしましょうよ！　エスタはいつもつまらない話ばかり！」

「仕事が終わったらね」

「じゃあ金塊でも持ってこようか？　こんな店を開いてもらえる銀の欠片《かけら》なんかよりずっと価値があるんでしょ？　私が妖精達をちょっと脅かせばすぐに持ってきてくれるわよ」

「こんな店とは失礼な」

俺が口を挟むと、ラベンダはまた舌を出した。

大妖精《アークフェイ》は大体他の妖精達から慕われ、妖精の集落のリーダーのような立ち位置にいることが多いのだが……ラベンダが他の妖精達から避けられてしまうのもうなずけてしまう。

まぁ実際のところはそんな性格が悪いみたいな人間的な理由ではなく、災害の妖精という属性的な問題なのかもしれないが。

「なんか失礼なこと考えているでしょ」

「そんなことはないぞ、妖精という存在について深い考察をしていただけだ」

妖精は知能があっても人間よりモンスターに近い存在だ。

あまり人間の考え方を当てはめるべきではない、と分かっていてもワガママなラベンダが力の弱い妖精達をイジメている姿がアリアリと想像できてしまう。

そんな俺の想像を他所《よそ》に、ラベンダとリットは会話を続けていた。

「確かにラベンダならお金くらいすぐに手に入るでしょうね」

「うん、人間がちっぽけな金や銀の欠片に必死になるなんてとっても変！　あんなのすぐに集まるじゃない！」

「でも私にとって、レッドと一緒に働いているこの時間は、どんな財宝より価値があるのよ」

リットの言葉にラベンダは「おおっ」という表情を見せた。

隣で聞いている俺としては照れてしまうような言葉だが、ラベンダ相手の会話は、ああして真っ直ぐに伝えるのが良いらしい。

「リットの恋のためなら仕方ないわね、奥でワイン飲みながら待たせてもらうわ」

我が家のような気軽さでラベンダは居間の方へ飛んでいった。

まったく、妖精は困ったものだ。

だが妖精に人間の道理は通じない。

こうして肩をすくめて笑い飛ばしてしまうのが一番なのだ。

「ラベンダはあんな感じだが、エスタは一体何の用で来たんだ？」

「騒がせてしまってすまなかった、本当は私とアルベールだけで来るつもりだったんだが、レッドの店に行くと言ったらあのラベンダがついてくると言い出してな。迷惑をかけるが、良い兆候なんだ」

「大丈夫、ラベンダと恋バナするのって私嫌いじゃないのよ。ラベンダは人間の常識みたいなのは理解できなくても、好意を持った相手の嫌がることはしないわ」

「そうか、ラベンダから好意を持たれたことが無いから知らなかった」

「旅は前途多難ね」

「まったくだ」

リットの言葉にエスタは笑う。

「それで私が来た目的だったな」

「ああ、茶を飲みに来たならいれるが」

「それもいただこう。フッ、別に私の用事というのはそう期待されるようなものではなくてな……ヴァンの様子の報告とこれからの冒険のただの打ち合わせだ」

「そうか、ラベンダにはああ言ったが、俺も席を外して今から打ち合わせをした方がいいか？」

「いや、私も夕方まで待たせてもらおう。2人の時間を邪魔するほどの優先度ではない」

エスタはフッと笑って言った。

すっかり融通が利くようになってしまって、エスタの昔の知り合いが見たら驚くだろうなぁ。

「それなら」

何か思いついたようにリットが言った。

その顔はニンマリと笑っている。

なにか悪いことを考えていそうだな。

「ここからちょっと歩いたところにカフェがあるの、そこのコーヒーが美味しくてね」

「コーヒーか、しかしわざわざ歩くのもな……」

「せっかくゾルタンの下町に来たのに、あのコーヒーを飲まないとはもったいないわ。いいじゃない、ほら、そこで手持ち無沙汰《ぶさた》にしているアルベールと2人で行ってみてよ」

「アルベールと2人だと!?」

エスタは慌てた様子で言った。

……この人、これくらいで赤くなるんだな。

さすがの俺も2人で食事くらいはリットと再会した頃から平常心でいけた……はずだ。

脳裏にハーフエルフのナオから「思春期の子供じゃあるまいし」とか言われた記憶がよぎったが、気にしないことにした。

「しかし、そんなところまでアルベールを歩かせるのも悪い」

「え？　いや旅をしている俺達にとっては大した距離じゃないですよ。その店なら俺も何度か行ったことがあります」

「アルベールはこの町で暮らしていたんだったな……だが今日はヴァンの件で来たんだ、あえてこの店から離れる必要もないだろう」

「そうですね、でも少し残念です。昔仲間だったリーアという女性に連れてきてもらったのですが、リットさんの言う通りあのコーヒーは絶品でしたよ」

「……何？　女性と2人で？」

エスタの表情が変わった！

いや仮面被っているから表情は分からないのだけれど、仮面の上からでも分かるくらい動揺している。

「思春期の子供か」

思わず口に出た。

リットは吹き出し、アルベールは首を傾《かし》げている。

「はい、ゾルタン冒険者ギルドからパーティー候補としてリーアを紹介されたばかりのころで、お互いに信頼関係を構築する必要がありましたので、他の仲間とも俺がゾルタンに不慣れなのを口実に食事の席を増やしていた時期でした」

「そう……か」

あのエスタが意気消沈している。

まぁエスタは子供の頃から今まで信仰と武術のことだけ考えて生きてきた生粋の聖堂騎士だ。教会の権力闘争にもかかわらず騎士を訓練する槍術《そうじゅつ》師範代の任務に専念し、将来的に自分の教区を持つという野心もなかった。

仕事に対してストイックに向き合うことを自分の人生だと考えるタイプだったのだ。

それが今になって自由に生きる事を試み、恋をするという経験もしている。

たとえるならずっと商人として生きてきたヤツが、初めて剣を握って戦うようなものだろう。

相手の一挙一動に大げさに反応してしまって、傍《はた》から見れば面白おかしい剣になってしまうのは仕方がない。

エスタはそういう状況だ。

とりあえず、こうして見ている側としてはとても楽しい。

「レッド、何か失礼なことを考えているな」

「いやいや」

エスタが俺の方を恨めしそうに睨んでいる。

俺は苦笑して助け舟を出すことにした。

「エスタは従者としてアルベールを走り回らせているんだろう？」

「む、私は別に……」

「従者を労《ねぎら》うのも騎士の務めだ、違うか？」

「……そ、そうだな、ごほん」

エスタはうなずくと、わざとらしく咳払《せきばら》いした。

いや、今のは本当にわざとらしい咳払いだった。

間を取るの下手くそか。

「あー、アルベール」

「はい」

「君にはいつも助けられている。騎士にとって信頼できる従者というのはどんな魔法の武具よりも得難い存在だ」

言い回しが焦《じ》れったい。

リットは「クスクス」と笑っているのを必死に隠している。

「大した労いにはならないだろうが……共にコーヒーでもどうだろうか」

「ありがとうございます、本当に美味《おい》しいお店なのでぜひ案内させてください」

「う、うむ、た、頼む……」

エスタは歯切れ悪く答えた。

俺達が一緒に旅をしていた頃には絶対に見られなかったであろう、テオドラからエスタへと変わったからこそ見られた光景だ。

根拠はないのだが……エスタの方がテオドラの時より強くなれると俺は思った。

今のエスタならば、きっと前のように勇者の強さについていけず自分に何ができるのか思い悩むこともない。

そう思えたのだ。

「あの、後で俺からもレッドさんにお願いがあります」

「ん、アルベールが俺に？」

アルベールはエスタから俺へと視線を向けて言った。

その表情は真剣そのものだ。

俺は椅子から立ち上がって向き合う。

「今日の打ち合わせが終わった後、俺とお手合わせ願えませんか？」

エスタは驚いたようにアルベールを見た。

だがすぐに穏やかな表情を浮かべると。

「レッド、私からも頼む」

エスタもそう言った。

＊　　＊　　＊

アルベールと俺は対照的な境遇だ。

どちらも力及ばずかつてのパーティーを追放された。

俺は『導き手』の加護の限界から。

アルベールは『ザ・チャンピオン』の加護の力を発揮できずに。

だが、追放された後、俺は諦《あきら》めてスローライフを目指し、アルベールは諦めずに英雄を目指した。

アルベールは、ありえたかもしれないもしもの俺だ。


夕方。

俺とリットは店を閉め、ラベンダは俺の家のワインを勝手に開けて飲みまくり、エスタとアルベールがカフェから帰ってきた後。

俺とアルベールは練習用の木剣を持ち裏庭で対峙《たいじ》していた。

「今後の打ち合わせはどれくらい時間がかかるか分からないしな、暗くなる前にこちらから済ませう」

「ありがとうございますレッドさん」

アルベールは気持ちの良い爽《さわ》やかな声で礼を言った。

すっかり好青年になったなぁ。

「で、あいつ勝てるの？」

小さなコップに入れたワインを飲みながらラベンダが言った。

観戦するつもりのようだ。

「私の知っているアルベールなら難しいと思うけど、エスタはどう思う？」

そう答えたリットに、エスタは首を横に振る。

「無論、勝ち目は絶無だ」

「なーんだ、勝てないのに戦うなんて、人間って無意味なことするのね」

「勝利ではなく戦うことこそに意味がある、剣士とは君が考えているよりずっと奥深いものなのだよ」

「よく分かんない」

エスタはじっとアルベールを見守っている。

「もう打ち込んでもいいですか？」

「ああどこからでもいいぞ。それとも俺から仕掛けたほうがいいか？」

「いえ」

アルベールは左手に剣を構えている。

俺との戦いで右手を失い、今は右手は義手で補っているが、剣を扱うような繊細で力強い動きはできない。

以前のアルベールが身につけていた両手持ちの剛剣はもう使えない。

「俺からいきます」

アルベールの姿が消えた。

「武技：飛燕縮《ひえんしゅく》！」

一瞬で間合いを詰めて攻撃する、加護レベルの高い剣士に人気のある武技だ。

モンスター相手なら特に優秀な武技の1つと言えるが。

「ごふっ！」

俺の木剣に胴を突かれ、アルベールの体が折れ曲がる。

「レッド⁉」

リットが驚いた声を上げた。

「うわぁ、レッドのやつ容赦ないわね。あんなに思いっきり打ち込んで」

ラベンダは顔をしかめている。

俺は気にすること無く、うずくまるアルベールから一歩引いた。

「飛燕縮《ひえんしゅく》は相手に対して直線にしか動けず、飛び出す間合いも決まっている。それを理解している相手には簡単に読まれてしまう武技だ」

「はぁ、はぁ……それで以前は俺の魔剣をいとも容易《たやす》く受け流せたんですね」

アルベールは時間を掛けて息を整え立ち上がる。

「ッ!!」

今度は武技を使わず左足を大きく踏み込みながらの突き。

俺は右足を引いて突きを外しつつ、同時にアルベールの肩へ一撃を加える。

「う、うぅ……」

アルベールは肩を押さえながらくずおれた。

木剣とはいえ本気の一撃だ。

並の剣士ならこれだけで戦闘不能にできる自信がある。

「痛そー……もしかしてレッドってアルベールのこと嫌いなの？」

ラベンダが言った、リットも少し戸惑っているようだ。

だが。

「アルベール！」

エスタが叫んだ。

「どんな怪我をしようが私が治してやる！　気の済むまで戦ってこい！」

「あ……りがとうございますエスタさん！」

俺はアルベールが立ち上がるまで待つ。

動けるようになったのを見て、今度は俺から打ち込む。

反撃の武技をねじ伏せ、３度叩き伏せる。

それから戦いは、アルベールが立ち上がれなくなるまで続いた。

＊　　＊　　＊

「お疲れ様、喉渇《のど》いただろ」

「ありがとうございます、いただきます」

俺の差し出したコップをアルベールは受け取った。

エスタの治癒魔法で傷は癒《い》えているが、消耗した体力は魔法では戻ってこない。

あれだけ打ち込まれれば一晩寝込んでもおかしくない。

こうして疲れ果てた様子で座り込んでいるだけで済むのは大したものだ。

エスタ達は室内に戻ったが、俺とアルベールは少し外で休憩してから戻ることにしていた。

「あれで良かったのか？」

「はい、レッドさんに本気で戦ってもらえてすっきりしました。前はよく分からないうちにやられましたから」

前にアルベールと戦った時、アルベールは激情のまま剣を振るい俺に敗れた。

「もう一度やっても勝てないのは分かっていました、でも訳の分からないままではなく、ちゃんと戦ってどうやって負けたのか、なんで負けたのか知りたかった……俺の人生を変えた剣をちゃんと知りたかったんです」

「右手のことは悪かったな」

「殺し合いでしたから、殺さずに済ませてもらえただけでも十分な温情ですよ。それに失ったからこそ見えるようになったものも多かった」

アルベールは右手の義手を撫《な》でながらそう言った。

「前より加護レベルは大きく上がったんで強くなっているとは思います。でも剣士としては不自由になりました」

「利き手失って強くなるダナンが例外中の例外なんだ」

アルベールの剣はやはり精彩を欠いていた。

突きの疾《はや》さはあったが、精度と迫力が無かった。

両手の剣術から左手1本の剣術に変えるためには、これまで不合理だと思っていた動きを要求されるのだ、そう簡単にできることではない。

「剣術はエスタに教わっているんだな」

「分かりますか」

「まぁあのパーティーで隻腕の剣術という応用を教えられるのはエスタしかいないから、予想するのは簡単だ」

「はは、というよりエスタさんと俺以外は武術なんて二の次でしたからね」

「だろうなぁ」

俺達はエスタの苦労を想像して苦笑した。

「俺は弱いです」

「そんなことはない、今のアルベールなら中央の冒険者ギルドでも堂々とBランク冒険者を名乗れるだろう。仲間が良ければAランクだって届かない話じゃない」

「でも勇者との旅を戦い抜ける程ではないでしょう？　俺は自分の加護と相性が悪いから」

「…………」

「俺は多分、旅の途中で死ぬでしょう」

アルベールは穏やかな表情で言った。

「そうならないよう戦うんだろ」

「そうですね、でも覚悟はしているんです」

俺はどう言葉をかけるか迷った。

最初から死ぬつもりなら、旅を止めたほうがいいと俺は伝えたい。

だがアルベールの意思を否定する資格が俺にあるのか？

「だからゾルタンを旅立つ前にレッドさんの本気の剣を知っておきたかったんです。レッドさんとこうして会えるのも、ゾルタンの町を見るのも、これが最後かも知れませんから」

アルベールは立ち上がる。

少しよろめいた。

「楽しい戦いでした、ありがとうございました」

「……ちょっと待ってろ」

俺は急いで家に戻り、倉庫の奥に仕舞《しま》った包みを持ち出す。

「これを貸そう」

「これは？」

アルベールは包みを解いた。

中に入っていたのは、欠けた長剣。

「俺が旅をしていた時に手に入れ愛用していたものだ」

「レッドさんの剣！」

「銘はサンダーウェイカー。古王の地下墳墓から手に入れた宝剣だ。勇者ルーティの一撃を受け止め、こうなった」

「勇者の一撃を受け止めた剣」

「ああ、見ての通り壊れてしまったが、壊れた部分から2つに折って、先端側を名工に鍛え直してもらえば左手で扱うのに丁度いい片手剣になるだろう」

「英雄の剣を折ってしまうんですか⁉」

「次の英雄が使うためだ、剣も本望だろうさ」

アルベールは困ったような表情を浮かべた。

自分に相応《ふさわ》しいのか悩んでいるようだ。

アルベールの強さはまだ完成されていない。

それにこのゾルタンで、アルベールは犯罪者として捕まっていた事もある。

自分が英雄と呼ばれるような存在になれるのか迷っているのだ。

だが。

「前に戦った時にも言っただろう、俺はお前のことを英雄だと思っている」

「英雄に必要な意思があると、レッドさんは俺に言ってくれました……今も本当にそうなのか分かりません」

「俺なら、暴走したヴァンを自分の命で止めるなんてできないだろう」

「え？　でもレッドさんはヴァンさんを止めたじゃないですか」

「俺は自分が勝てる状況を作ったからだよ。アルベールがヴァンと戦った状況なら戦わなかった」

「……でも俺だって必死に時間を稼いでいただけで、エスタさんが来てくれなかったら無駄死にするところでした」

俺は首を横に振る。

「だが勝利した。絶対的な格上相手に、折れない意志の力で勝ったんだ。俺には真似できない」

俺の加護『導き手』には奇跡を起こすようなスキルはない。

俺は自分の力が及ばないことがあるということをよく知っている。

つまり、勝てなければ退《ひ》くのが俺の考え方であり限界だ。

「その剣はお前に相応しい、どうかサンダーウェイカーを受け取ってくれないか？」

「……分かりました」

アルベールはサンダーウェイカーを再び布で包む。

「ありがとうございます、この剣に恥じない戦いをしてきます」

「そんな気負わせるために渡したんじゃないんだ」

俺は笑って続ける。

「絶体絶命の危機の時、その剣は俺の命を救ってくれた。だからアルベールのことも、きっと救ってくれると信じている……この剣がアルベールと共にどんな戦いをしたのか、すべてが終わった後にまたこのゾルタンで話を聞かせてくれ」

「つまり……俺に生きて帰れと」

「ああそうだ、生きて帰ってこい」

きっと生きて帰れる……なんて都合の良い嘘はつけない。

世界を救うということはそういうことだ。

だから生きて帰ってこいと願う。

すべてが終わって、エスタとアルベールが平和に、幸せに、2人で過ごしている姿を俺は見たい。

2人の物語はハッピーエンドで終わって欲しい。

「分かりました……必ずまた会いに来ます」

「楽しみにしているよ」

俺は心からそう言ったのだった。

＊　　＊　　＊

夜。

レッド&リット薬草店の居間。

俺、リット、エスタ、アルベール、ラベンダが集まっている。

「もう良いのか？」

エスタがアルベールを気遣っていった。

「はい、十分休みました。お待たせしてしまってすみません」

「気にするな……あぁ、良い表情になったな」

「そうでしょうか？」

アルベールの表情を見てエスタは嬉《うれ》しそうに微笑んでいる。

「ありがとうレッド」

「どういたしまして」

俺とエスタはそう言葉を交わすと本題へ移った。

「それで、エスタから見てヴァンの様子はどうだ？」

「安定していると言っていいだろう。『勇者』の加護の暴走も、信仰による独善もずいぶん緩和された。とても良い状態だ」

「良かった、それなら明日俺が様子を見に行っても大丈夫そうだな」

明日はリュブとヴァンの2人に会いに行くか。

「ウェンディダートの出港準備は終わっているんだったよな？」

「ああ、出港はいつでもできる……船員は大きな町に着いたら再編成した方がいいだろうがな、以前のヴァンのやり方のせいで士気が低すぎる」

「大変だな、まぁゾルタンにいる間は関係のない問題か」

ヴァンは、勇者の戦いのために人が死ぬのは喜ばしいことだと考えていた。

それは信仰としてはそう異常な考えではないのだろうが、消耗品とされる船員達にとっては苛烈に見えただろう。

士気なんて上がるはずもない。半年もすれば脱走者が溢《あふ》れていたことだろう。

「古代エルフの遺跡の探索とリュブ枢機《すうき》卿《きょう》の療養の2つが終わればすぐに出られるか」

「状況によってはリュブにはゾルタンで療養してもらって、我々は先に前線に戻るというプランもあるが」

「えー、リュブをゾルタンに置いていくのか」

俺は露骨に嫌そうな顔をした。

それを見て、ラベンダが腹を抱えて笑っている。

「仲間が死にかけたってのに笑い転げるとは冷たい妖精《ようせい》だな」

「死にかけたヤツにそんな顔しているレッドに言われたくないわね」

だってリュブがゾルタンにいたらなんか問題起こしそうだし。

「リュブが身動きできれば連れて行くさ。リュブも勇者と離れるのは不本意だろうしな」

自らの立身栄達の為に戦う枢機卿。

この程度の怪我で心折れたりはしないんだろうな。

「しかし、ヴァンとラベンダの対策会議をしていた時と違って気が楽だな」

「そうだな、あの時は問題が大きすぎて頭が痛かった。私も色々な状況に遭遇したが、あれほど厄介だと思った相手はいない」

「裏切り者」

ラベンダはエスタの頭に飛び乗ると、ぺしぺしと叩き始めた。

「ははは、だが結果は悪くなかっただろ。盲従するだけが仲間ではないということだ。ラベンダも少しは考えてヴァンの相棒をやると良い……やめろ、髪を引っ張るな」

初めは笑っていたエスタだったが、ラベンダの悪戯《いたずら》が調子に乗り出すと我慢できなくなったのか、頭の上のラベンダをはたき落とそうとした。

ラベンダも応戦して指に噛《か》み付いたりして、ほとんど喧嘩《けんか》になっている。

エスタがこんな子供っぽいことをするとは思わなかった。

会議はすっかり中断だ。

「いやぁ、こういうグダグダの会議って話には聞いてたけれど、俺はあんまり経験無かったな」

俺がそう言うと、アルベールとリットが顔を見合わせた。

「俺は結構ありますよ、特にゾルタンだとグダグダな会議が平常運転なところありますから」

「私も結構あるかな、冒険者っていい加減な人多いし」

冒険者として活躍してきた2人と、王都精鋭バハムート騎士団でキャリアを積んだ俺とは環境が違うようだ。

いやまぁ質《たち》の悪い先輩達による飲み会目的の会議とかはあったんだけど、俺の認識ではあれは会議にカテゴリーされない。

俺はあんまりお酒強くないんだから止めて欲しかった。

そういう意味だと、俺と同じ騎士の背景を持つエスタもこういうグダグダな状況というのは経験のないことだろう。

「こういう余裕も必要なのかな」

「かもしれないね」

ドタバタと喧嘩をしている今の状況が本当に必要なのかは分からない。

だが、かつての旅でもこういう関係が築けていれば、パーティーが崩壊することも無かったのかも知れない。

少なくともテオドラが1人苦悩することは無かっただろう。

＊　＊　＊

翌日、朝。

レッド&リット薬草店。

「おはようお兄ちゃん」

「お邪魔します」

朝早くにやってきたのはルーティとティセ。

「おはよう2人とも、朝食食べていくだろ？」

「うん、お兄ちゃんの作る料理が食べたい」

「いつもありがとうございます」

俺は2人も合わせて4人分の朝食を用意する。

「おはようルーティ、ティセ」

「おはようリット」

「おはようございます」

リットとも挨拶《あいさつ》を交わし、2人は席についた。

「今日のメニューはエッグベネディクト、キャベツとほうれん草とオリーブのソテー、それにベーコンスープとヨーグルトにベリーソース」

俺はテーブルに料理を並べる。

「美味《おい》しそう」

バタートーストの上にポーチドエッグとエビ、アスパラを載せレモンソースを掛けたエッグベネディクト。

美味しそうな色合いも売りだ。

ルーティは目を輝かせて視線を注いでいる。

よし、料理を前にいつまでも待っている理由はない。

「「「いただきます」」」

ルーティはエッグベネディクトをナイフで切って、一口食べた。

「うん、とっても美味しい」

ルーティは嬉《うれ》しそうに笑った。

貰《もら》った春野菜をルーティとティセにも食べてもらえて良かった。

カゴ一杯にあった春野菜達も、こうしてみんなで食べているとすぐに無くなる。

それが何だか嬉しいことだと俺は感じていた。

朝食を終えて、俺はルーティと一緒に食器を洗う。

自分1人でやると言ってくれたのだが、こうして2人並んで食器を洗うのも楽しい日常だ。

「はいお兄ちゃん」

「ん、ありがとう」

口数は少なく、カチャカチャと食器が触れ合う音だけが響く。

「…………」

ルーティは一生懸命食器を洗っている。

その姿は可愛らしく、そして幸せそうだった。

＊　＊　＊

「なるほど」

食事を終え、俺は今日ヴァンとリュブに会いに行く予定だとルーティ達に伝えた。

ルーティとティセはうなずくと、少しの間考え込んだ。

「やはり遺跡の探索にルーティ様は連れて行かないつもりなんでしょうか？」

「ああ、今回はゾルタンでお留守番してもらいたい」

ティセの言葉に俺はうなずいて答えた。

「私はとても不満」

ルーティは眉《まゆ》をハの字に曲げて不満を表している。

だが、これは決めていたことだ。

古代エルフの遺跡に眠る『勇者』という存在の秘密。

ルーティは初代勇者の聖剣によって暴走した。

今、『シン』の加護によって『勇者』の加護を支配しているルーティなら問題ないと思うが、それでもルーティをあの遺跡の秘密に近づけるのは怖い。

そして何より、『勇者』を辞めたルーティが『勇者』の秘密を調べる必要はない。

これは新しい『勇者』ヴァンとその仲間達、そして『導き手』である俺の冒険だ。

「とても不満、お兄ちゃんは私の導き手。そして私はお兄ちゃんと一緒がいい」

ルーティは再び文句を言ってふくれっ面をしている。

「でもこれはヴァンの冒険なんだ、ルーティは俺達がいない間、俺達の居場所であるゾルタンを守ってくれ、それにこの店の店番も頼む」

「むう、リットは一緒に行くのにずるい」

今回のパーティーは、ヴァン、ラベンダ、エスタ、アルベールの勇者パーティーに加えて、俺、リット、ヤランドララ、ダナンの8人パーティーの予定だ。

俺は案内役として必要。

リットはヴァンのパーティーが斥候不在なので。それに俺との連係もリットが一番だ。

ヤランドララはリュブがいないので代役のサポート担当に。

ダナンは……。

「ヴァンのパーティーに足りない要素を補うのは分かった、でもダナンはどうして？」

「まぁ、単純に強いから」

ルーティの質問に身も蓋《ふた》もない答えを返す。

パーティーバランスとか色々あるが、結局ダナンはものすごく強いのだ。

どんな障害があるか分からない古代エルフの遺跡で、とりあえずすごく強いヤツが１人いると作戦も立てやすい。

困ったときはダナンに頑張ってもらってなんとかする。

旅の間もわりとそうやってたなぁ。

「今回はルーティ不在だからな、単騎で強力な戦闘力が欲しかった」

「私がいれば全部解決するのに」

「まぁまぁ」

不満そうなルーティをリットがなだめている。

「春になって薬草農園の世話も忙しいんだろ？　顧客も増えているそうじゃないか、今回はゾルタンでのんびりやっていてくれ」

「それはそうだけど」

「これが終われば俺達にも平和が戻ってくる、そうしたらまた2人で散歩したりしよう」

「……分かった、お兄ちゃんと散歩するゾルタンを守っている」

ようやく納得してくれた様子でルーティはうなずいた。

「私は同行しなくていいんでしょうか？」

「ティセか」

確かにティセがいると心強い。

それにティセは周りに合わせるのも上手《うま》く、どんな役割を与えても上手くこなすだろう。

「でもすでに8人だからな、これ以上パーティーを増やしたくない」

冒険者のパーティーの理想は5、6人だとされている。

お互いがお互いの状況を常に把握し、最適な指揮と連係が取れる人数が5、6人。

だが実際は3、4人のパーティーが一番多いかも知れない。

命を預けられる仲間を5人も見つけるのが難しいというのもあるが、6人でさえ指揮と連係を取ることは簡単ではない。

1人は戦わず指揮に専念するなんて戦術もあるんだが、これはパーティーの関係性で揉《も》める事が多い。

指揮官が真っ先に敵陣に切り込むからこそ、兵士は勇気を出して戦うのだという思想がアヴァロン大陸各国に根付いているのだ。

その点魔王軍は、指揮官は指揮に専念するのを基本としている。

戦争中でもなければ、それでも勇敢に戦える兵士を育てるやり方を聞きたいところだ。

ヴァンのパーティーに話を戻そう。

「今回のパーティーは急ごしらえで慣れないパーティーだ。その上ヴァンのパーティーは元々連係がうまくいっていなかった。パーティー数は8人が限界だと俺は見ている」

「なるほど、理解しました」

ティセは納得した様子でうなずいた。

「分かった、でもお兄ちゃん」

「なんだ？」

「どうか気をつけて。神様が『勇者』を作ったのは、決して人間を憐《あわ》れんでのことじゃない。『勇者』の加護を持っている私には分かるの」

「……理由」

「何かあったら私を呼んで、そこがどんな遠くであっても、私は必ずお兄ちゃんを助けに行く」

「ありがとうルーティ」

ルーティの言う通り、『勇者』が存在するのは決して人を救うためなどではない。

だからこそ俺は、『勇者』のために戦うヴァンに『勇者』とは何か知ってほしいと思っているのだ。

勇者の旅がどんな結果になろうとも、そこに後悔を残してほしくない。

＊　＊　＊

午前10時頃。

俺はリュブの様子を見にニューマン診療所に来ていた。

「ギデオンか」

「ここではレッドです、リュブ猊下《げいか》」

「ふん、アヴァロニア王国バハムート騎士団の英雄騎士ギデオンともあろうものが辺境で薬屋などやっているとは」

「猊下は私に戦うべきだとおっしゃいますか？」

「いや、もっと稼げるのにつまらん仕事をしているのが理解できんと言っているだけだ」

リュブは首を横に振った。

「世界規模の戦争で、1人が戦うか戦わないかなど馬鹿らしいほど小さいことだ。ヴァンはそう思っていなかったようだが、辺境の小国ゾルタンが戦争に参加しようがしまいが、そんなことは大局に何の影響もない、戦争は合理的に考えるものだ」

聖職者らしくない考え方だ。

だが神と向き合うだけじゃ教会の権力抗争を勝ち抜くことはできないのかも知れない。

『枢機卿《カーディナル》』の加護持ちだけが目指すことのできる役職。

世界最大の組織である聖方教会の運営者、枢機卿《すうききょう》。

だから『枢機卿』の加護持ちは、枢機卿になるためにどんな手でも使う。

栄誉の道が開かれているからこそ、栄誉の道を目指す以外の選択肢が閉ざされてしまうのだ。

俺は少しだけ、『枢機卿』という加護を宿した人々に同情した。

「それで、古代エルフの遺跡にヴァン君を連れて行くんだったな」

「はい」

「あまり気乗りはしないな、例の古代エルフの兵器があった場所なのだろう？」

そういえばリュブにはルーティのことを伝えていないから、まだ古代エルフの兵器がヴァンを倒したってことになっているんだった。

「そのために私やダナンが同行します。戦うつもりはありませんが、これで万が一もないでしょう」

俺は冷静に取り繕った。

「まぁ、ヴァンの暴走を止めたのは君だ、本当なら私も同行したいところだが任せよう。

すぐに歩けるようにはなるが、戦えるようになるにはまだ時間がかかるだろう」

自分が手をかけてきた勇者ヴァンに刺されたというのに、リュブはヴァンを恨んでいる様子がない。

「猊下はヴァンを恨んだり、恐ろしいと思ったりはしないのですか？」

「私が？　ありえないことだ。ヴァンは『勇者』、どれほど迷走しようが、罪を犯そうが、『勇者』であることは変わらない。私は神の意思を代理する聖方教会の枢機卿だ。ヴァンをサポートするのは私の使命である」

リュブの言葉に迷いは感じられない。これは本心だろう。

野心と信仰。

俺はアレスのことを思い出した。

もしヴァンが勇者を辞めると言ったらリュブはどうするのだろうか。

今の所ヴァンは勇者であることを肯定しているし、まぁ心配はないが……。

＊　　　＊　　　＊

昼。

店のことはリットに任せ、俺はヴァンに会うためエスタから教えてもらった場所へ向かう。

「ここだよな」

俺はもう一度メモを確認した。

間違いない。

「タイガーハート流剣術道場」

ゾルタン北区にある剣術道場。

ゾルタン闘技場の前チャンピオンが教える道場として結構繁盛している。

看板には〝不動の王者ジャンカンの無敵剣術！〟と掲げられているが、ジャンカンは現チャンピオンの大槌《おおつち》使いのボルガに敗北して王座を失っているので少し看板負けしている気もするな。

まぁジャンカンが冒険者稼業に出ず闘技場に専念できるのもこの道場収入があるからなので、今更看板を変えるわけにもいかないのだろう。

うむ、あまりの状況に思考がズレているな。

今問題なのは、この田舎の剣術道場に勇者ヴァンがいるということだ。

道場破り？

いやいや、ここの看板を持っていったところで、他の町ではナニソレと言われるだけだろう。

「入るか」

道場の門は閉まっている。

俺は誰もいないことを確認すると、塀の上に飛び上がり忍び込むことにした。

一体ヴァンが何をやっているのか気になる。

＊　　＊　　＊

「お願いします！」

「は、はいぃ！　上段防御の相手役いかせていただきますぅ！」

威勢のよいヴァンの声と上ずった男の声が聞こえた。

そっと部屋の中を覗《のぞ》くと、そこでは真剣な様子で木剣を握るヴァンと、緊張で涙目になっている剣士がいた。

剣士は多分この道場の師範代だ。

周りには他の生徒がやっぱり涙目で黙りこくっていた。

そして奥ではゾルタン闘技場前チャンピオン、〝虎心〟ジャンカンがどっしりと座り、白く垂れ下がった眉毛《まゆげ》の奥でやっぱり涙目になってヴァンの様子を見ている。

まぁそうなるよなぁ。

その気になれば自分のことなんて一瞬で殺せるほど強い相手に自分の剣を教えるなんて、剣士としてはこれほどしんどい状況はない。

「せいぃぃ！　せいぃぃ！　せいぃぃ！」

相手を倒そうという気持ちが微塵《みじん》もない威勢と共に、タイガーハート流の師範代は木剣を振るう。

「ほぉ、真面目だな」

ヴァンは基本の防御を真面目に繰り返している。

それは剣術を習い始めて3ヶ月めくらいの生徒が学ぶような技だ。

ヴァンは加護を重視しすぎて剣術を軽視していたとはいえ、教会で戦い方は学んでいるはずだ。

実戦的な防御法はすでに身につけているはずだが……。

「あの真面目な姿が本来のヴァンなのかもな」

加護が『枢機卿』から『勇者』に変化するという奇跡さえなければ、真面目な聖職者としてヴァンは成長していたことだろう。

基本を繰り返すヴァンの姿を、俺はしばらく眺めていた。

訓練が一段落したところで俺は中に入る。

「あっ、ギデ……」

「レッドな」

「そうだった、レッドさん！」

ヴァンは俺の方へ駆け寄ってきた。

道場の生徒達はヴァンから解放されたことで、「ふぅ」という安堵《あんど》の息を漏らしている。

「さっきリュブ猊下の様子を見てきたよ、さすがの生命力だな。あと3日もすれば歩けるようになるそうだ」

「僕も毎日、お見舞いに行ってるよ……僕の暴走のことを咎《とが》めても良いはずなのに、罪に気がついてくれて良かったと言ってくださって」

リュブの野望にとってヴァンは大切な存在だ。

暴走しようがヴァンを切り捨てることはしないだろう。

いやぁ……俺はただの薬屋で良かった。

「レッドさんも、僕に斬られたのに許してくれた。もっと恨まれても仕方ないはずなのに」

「そういやそうか」

俺もヴァンとの戦いで斬られていたな。

すぐにルーティが治療してくれたおかげで痕《あと》も残っていないが、普通なら死んでいた。

「だが俺も斬ったからな。あれはただの殺し合いというより決闘だった。決闘に恨みは持ち込まない」

「そういうものなのかな」

ヴァンにはまだ理解できないことなのかも知れない。

だが、ヴァンが傷つけた相手から恨まれるということを考えただけでも前進だ。

以前のヴァンなら、加護のために傷ついたのだから感謝するべきとか言ってもおかしくなかった。

加護ではなく人を見ている兆候だろう、良いことだ。

「まぁそういうわけで、古代エルフの探索は明日の朝出発にしようと思う」

「ついに……！」

ヴァンは期待と不安の入り混じった表情を見せた。

「もし不安なら行かないということもできるが」

「いや、行くよ。僕に『勇者』が与えられた意味……もし分かるのなら僕はもっと強くなれる気がする。もっと、胸を張って僕は『勇者』だと戦える気がするんだ」

不安そうだが迷ってはいない。

『勇者』の奴隷になっていたヴァンと違って、今のヴァンは人間だ。

迷うこともある……が、今は迷っていない。

だったら俺はヴァンの求めるモノへ導くべきなのだろう。

「しかし、まさかヴァンが剣術道場に通っていたとは」

「一昨日から始めたばかりだよ。レッドさんに教わる前に基礎は学びなおしておこうと思って」

ヴァンとは野営の間に剣術を教える約束をしていたな。

「それで剣術道場に来たのか」

「古代エルフの遺跡の探索にどれくらいかかるか分からないけど、そう長い期間でないことは確かだよね」

「ああ、長くても1週間は超えない予定だ」

「僕が剣術を学び直せる時間は多くないから、ゾルタンで一番有名だっていうこの道場に短期入門していたんだ」

剣術道場としては確かに一番有名ではあるが、一番優れた道場かと言うとちょっと疑問が残る。

ゾルタンにいる剣術家達と手合わせしたわけではないから分からないが、中央の流派を学んできた道場の方が質は高いと思う。

タイガーハート流が人気なのは、道場主のジャンカンが闘技場で名の売れた剣豪だからだ。

まぁ基礎ならあまり違いはないか？

「あー、ここじゃあ何だから場所を変えて話すか」

「？」

ヴァンは首を傾《かし》げている。

「ヴァンはもう少し周りの視線を気にするようになると良いかも知れないな」

道場の生徒達が俺の方へ視線を注いでいる。

勇者ヴァンと親しげに話す下町の薬屋。

なぜ？　と知りたがるのは当然だろう。

もうゾルタンで、俺が実は結構強いということはバレているのだが、それでもあまり勘ぐられないうちに場所を変えてしまったほうが良さそうだ。

「それじゃあ、僕はお世話になったジャンカンさんに挨拶《あいさつ》をして来るよ」

「そうだな、この道場で訓練するのも今日までか」

震えていた生徒達もこれで解放されるな。

＊　　　＊　　　＊

道場を出ようとしたときのことだった。

「待ってください！」

俺とヴァンを呼び止める声がした。

振り返ると、立っていたのは道場主のジャンカンだった。

ブルブル震えながら、それでも歯を食いしばって立っている。

一体どうしたんだ？

「どうしたんですジャンカンさん？」

ヴァンがたずねると、ジャンカンは真っ青な顔で叫ぶように言った。

「勇者ヴァン様！　どうか一度だけお手合わせ願いたい！」

「え」

俺も思わず声が漏れてしまった。

ヴァンと手合わせする⁉

「せ、先生！　何を言ってるんですか‼」

後ろから走ってきた生徒達が慌てて止める。

そりゃそうだ、何だかんだ言ってもジャンカンはゾルタンで十指くらいに入る剣士だとは思うが、『勇者』ヴァンの相手になるはずがない。

「ジャンカンさんに教えてもらったことは忘れません、感謝しています……でも僕とジャンカンさんでは戦いにならないと思います」

ヴァンは少年らしい無邪気さで老境前の剣士に現実を突きつけた。

「分かっています、私の剣では勝ち目のないことくらい……このまま黙っていれば辺境の道場主としての日常が戻ってくる……」

　ジャンカンは震えながら叫ぶ。

「でも、あなたと手合わせできるのは今日しかないのでしょう⁉　世界最強の『勇者』の剣と戦えるのは今この瞬間しかないのでしょう⁉　ならば剣士として、今引き止めなければ私は一生後悔する‼」

　そうか、辺境の道場主であってもジャンカンは剣士だった。

「レッドさん」

「ヴァンが嫌でないのなら……手合わせを受けてやってくれないか」

　俺の言葉にヴァンはまだジャンカンが戦いたい理由を理解できていない様子だったが。

「分かりました、よろしくお願いしますジャンカンさん」

　ヴァンはそう答えた。

　戦いは予想通り一瞬だった。

　ジャンカンの一撃は簡単にかわされ、ヴァンの一撃がジャンカンの胴を打った。

　倒れたジャンカンに俺はすぐさまポーションを飲ませ治療する。

　ヴァンの剣に非殺傷のマーシフルポーションを使っても、痛みだけで即死しかねないダメージだった。

　手合わせであっても、これは命をかけた戦いだった。

キュアポーションを飲ませても、ジャンカンは気絶したままだ。

これはしばらく目を覚まさないだろう。

だが、もうすぐ老境に入るジャンカンの顔には満足そうな笑みが浮かんでいた。

ゾルタンに住んでいたら訪れるはずないと思っていた戦い。

剣士冥利《みょうり》に尽きるな。

「なぜジャンカンさんは僕と戦ったのかな」

「剣を学んでいたらそのうち分かるようになるさ」

「そういうものなの……？」

剣を使う戦士と、剣に生きる剣士の違いを1つ挙げるのなら、それは剣自体が目的になっているということだろうか。

殺し合いの道具としての剣ではなく、自分の剣術そのものに価値を見出《みいだ》すようになる。

自分の技が世界最強の剣士に通用するのか、そして世界最強の剣士がどのような技を使うのか。

そんなことを考えるようになる。

「ジャンカンさん……負けたのに嬉《うれ》しそうだった」

「ああ……胸を張れヴァン。君は1人の剣士の叶《かな》えられるはずのなかった夢を叶えたんだ」

俺の言葉を聞いても、やはりヴァンは理解できない様子だった。

ヴァンと明日の段取りを済ませ、その帰りにヤランドララとダナンにも予定を伝えておく。

＊　＊　＊

ヤランドララはまだヴァンのことを嫌っている様子だったが、ダナンはあっさりと切り替え、むしろヤランドララをなだめていた。

まぁあの2人なら大丈夫だろう。

冒険の準備もすでに終わっていて、いつでも出発できる状況のようだ。

遅くなった昼食を近くの屋台で食べ終わると、本日最後の予定へ向かう。

途中冒険者ギルド幹部のガラティンに出会い、ヴァンの件は問題なくなったと話をした。

ハーフエルフのゴンズとタンタに出会い、半月後の休みに川で舟遊びをする約束をした。

ゾルタンは今日も平和だ。

それから、たどり着いたのはドレイク武具店。

「レッドか、まさかまた剣を折ったのか！」

扉を開けると、ドワーフのモグリムがいつもの表情で歓迎してくれた。

ヴァンに使わせた銅の剣を買ったばかりだから、そりゃこういう反応になるよな。

「そんなところだ、銅の剣の在庫はあるか？」

「そんなポキポキ折られちゃ売りたくも無くなるわい！」

怒っているモグリムを尻目《しりめ》に、俺は中古品や数打ちなど安物の武器が入っている箱の中をガサゴソかき回した。

「あれ、銅の剣が1本もないぞ」

「お前さんが毎回ポキポキ、ポキポキ折ってくるから在庫が無くなったわい」

「在庫が無くなるほど折ったわけじゃないだろ！」

俺が言い返すと、モグリムはため息を吐いた。

「新人冒険者がデビューする時期なのか、ここ数日若い冒険者が次々に銅の剣を買っていってな、在庫はすっからかんだ」

「えー……」

なんてこった。

「どうだ、折角《せっかく》なら普通の剣を買わないか？　銅の剣と同じサイズの剣を打ってやるぞ」

「いやすぐに必要なんだ」

「だったら壁にかけてある剣から選べ！　安物の剣なんて危なっかしくて使わせたくないわ！」

「モグリムの銅の剣はあのジェムビーストの皮膚すら斬ったからな、あんな怪物と戦えるならどんなやつが来ても大丈夫だろ」

〝世界の果ての壁〟で戦った伝説の怪物ジェムビースト。

あれも古代エルフの遺産だった。

「ええい口の減らんやつめ！　武器のことは素直に武器屋の言うことを聞けと言うのに！」

モグリムは歯噛《はが》みしている。

武具の専門家であるモグリムとしては、俺が銅の剣という質の悪い武器に命を預けるのが気に入らないのだろう。

まぁ気持ちはわかるが……。

「はぁぁ、ここで追い払っても別の店で銅の剣を買うのだろう？」

「ああ」

「仕方ない、ちょっと待ってろ」

モグリムは店の奥へ引っ込んだ。

しばらく待っていると、鞘《さや》に納まった片手剣を一振り持ってきた。

「ほれ、銅の剣だ」

「なんだあるじゃないか」

俺は受け取って刀身をあらためる。

鋭利な輝きを感じさせる刀身は青銅製とは思えないほどの出来栄えだ。

「おいおい、銅の剣をここまで鍛え上げるやつがあるか」

「ふん、気まぐれに銅の剣を鍛えたらどうなるかやってみただけだわい」

安物の銅の剣しか買わない俺に業を煮やし、青銅で業物を打つという手段に出たらしい。

鋼鉄を鍛えればもっと簡単に業物になっただろうに、これはとんでもない遠回りをした剣だ。

なるほど、俺に似合っている。

「共に冒険した仲間が、儂《わし》の剣が原因で死ぬなんて許さんからな。これならそこらのモンスターを何匹斬ったって刃こぼれ1つせんわ」

「ありがとう、これを買わせてもらうよ」

「ふん」

銅の剣を使うのは俺の信念……まぁつまらないこだわりだ。

その信念に、モグリムも鍛冶師《かじ》としての信念で返してきた。

……この剣は大事にしたいな。

「剣を大事にして命を捨てるようなことはするなよ、折れたらまた打ってやる」

釘《くぎ》をさされてしまった。

ははっ、モグリムは良いヤツだ。

＊　＊　＊

1日の予定を終えて、俺はレッド&リット薬草店へと帰ってきた。

買い物をしてきた両手に持つのはダンジョン探索のための消耗品。

冒険の準備は万全だ。

「ただいま」

「お帰りレッド！」

「お帰りお兄ちゃん」

帰ってきた俺をリットとルーティが迎えてくれた。

俺がコートを脱ぐとリットが受け取ってくれた。

「外は結構暑かったな、これならシャツだけで出ても良かった」

「夏もすぐだね」

俺が座ると、ルーティがキッチンから水の入ったコップを持ってきてくれた。

「お兄ちゃん」

「ありがとう」

少し汗をかいたから、貰《もら》った水が美味《おい》しい。

「それでどうだった？」

「予定通り明日出発になったよ」

「そっか、古代エルフの遺跡探索なんてワクワクするなぁ！」

元冒険者としての血が騒ぐのか、リットは楽しそうだ。

頼もしい限りだ。

「それにしても」

俺は二口目の水を飲みながらつぶやいた。

「ここ2日で色んなヤツと話した気がする」

皆、強い信念を持っていた。

ゾルタンに来たばかりの頃の俺なら……これまで生きてきた目的を失った俺なら、関わろうと思えなかったかも知れないな。

リットやルーティと一緒に過ごすようになったからこそ、彼らの信念と対等に向き合うことができた。

「なんて考えるのは感傷的過ぎるか」

俺は自分で言って苦笑する。

ヴァン達は古代エルフの遺跡の探索を終えたらゾルタンを出ていく。

ダナンもヴァンの件が片付いたらゾルタンを出ていくだろう。

ヤランドララだっていつまでここにいてくれるのか分からない。

ゾルタンで暮らす今の俺は、彼ら英雄達の物語に少しの間登場する脇役なのだろう。

それも悪くない。

いつか彼らの英雄譚《たん》を伝聞にでも聞くことができれば十分だ。

もしそれを、彼らがふと気まぐれでゾルタンに寄った時に直接聞かせてもらえれば、俺は彼らの物語の脇役になれたことを誇りに思うだろう。

「いらっしゃいませ！」

客が入ってきて、リットとルーティが元気よく声をかけた。

俺の居場所はここにある。

第二章 ダンジョンクロウル

翌日、夕方。

俺達は山の中にある古代エルフの遺跡の入り口へとたどり着いていた。

遺跡の入り口があるあたりはライオンの身体に竜《ドラゴン》とヤギの頭がくっついたような異形のモンスターであるキマイラの生息地になっている。

だがまぁ、俺達にとって問題になる相手ではない。

先頭を歩いていたリットに1体のキマイラが襲ってきたが、一瞬で倒されたのを見て他は逃げてしまった。

以降は平和な旅だ。

パーティーは予定通り、俺、リット、ヤランドララ、ダナン、ヴァン、ラベンダ、エスタ、アルベールの8人。

「さて本格的な探索は明日からだが、遺跡の奥に以前拠点とするため整備した区画がある。そこまで行こう」

俺の言葉に仲間達はうなずいた。

ルーティが『錬金術師』ゴドウィンに薬を作らせるため整備していた区画だ。

アレスとの戦いが終わった後もあの区画はそのままにしてある。

「ここが古代エルフの遺跡」

ヴァンは興味津々で未知の金属でできた壁に触れている。

「ヴァンは古代エルフの遺跡を探索するのは初めてか？」

「うん、古代エルフの遺跡にいるクロックワークは加護を持たないから。それに遺跡から出て悪を為《な》すこともないもの」

「確かに、本来勇者が救うべき人間は古代エルフの遺跡にいないからな」

勇者としての役割に古代エルフは必要ない。

だが……勇者の伝説に古代エルフの遺跡は深くかかわっている。

「勇者ルーティが手に入れた勇者の証《あかし》は、古代エルフの遺跡にあったものだ」

「これだな」

エスタが懐から勇者の証を取り出した。

「えっ!?」

ヴァンが驚いて声を上げた。

「なんでエスタさんが勇者の証を!?」

「ルーティ殿から預かった物だ」

ルーティは勇者の旅を止めてゾルタンに向かった時に勇者の証を捨てたと言っていたが、捨てたものをエスタが拾っていたのか。

「私が持っても何の効果もないものだ」

「それは『勇者』の加護を強化するためのものだからな」

エスタと俺の言葉を聞いて、ヴァンは考え込む。

「加護を強化……それは『勇者』らしくない」

「そうだな」

加護を直接強化する魔法の道具というのは極めて珍しい。

なにせ加護とは神が与えた祝福なのだ。

神ならぬ人の手で加護を操作するなんてことは異端的であり、大っぴらに研究することは許されない。

また仮に許可されても、現代の魔法使いには到底手出しできない神秘の領域らしい。

悪魔の加護なんてものもあったし魔王軍のいる暗黒大陸の技術ならば可能なのかも知れないが、少なくともこの大陸で加護の操作の技術を持っているのは、古代エルフとその末《まつ》裔《えい》とされるワイルドエルフだけだ。

滅亡したウッドエルフや、現代に生きるハーフエルフやハイエルフも加護を操作する技術は持っていない。

「このエルヴン硬貨もそうね」

ヤランドララが白銀の硬貨を取り出した。

これも未知の金属で作られた古代エルフの遺産。

リットと暮らし始めた頃に、盗賊ギルドの男が俺を買収するために持ってきたっけな。

古代エルフ達が使っていた硬貨と見られるが、この硬貨の力を解放すると自分の加護のスキルレベルを1つ上げることができる。

10000ペリルの価値があるもので使い捨てにするのはもったいないが、旅をしていた頃は強敵との戦いで頻繁に使用していた。

どんな財宝も命よりは安いのだ。

「古代エルフの遺跡を探索すると結構エルヴン硬貨は見つかるからな。他にも強力な遺産もあるし、俺達の時は余裕がある時に古代エルフの遺跡が近くにあるようなら探索に行っていたよ」

「僕は何より加護レベルを上げることが大切だと思ったから」

リュブの方針でもあったのだろう。

強くなるのに加護レベルを上げることを最善とするのか、剣術やマジックアイテムなども駆使するのを最善とするのか。

騎士であった俺と聖職者であるリュブの方針は違って当然だ。

「その勇者の証だがな、先代勇者の伝説についてヴァンはどれくらい知っている？」

「もちろん、教会に残されている記録はすべて読みました」

「そこらへんはやはり優等生だな」

ルーティは先代勇者について全く興味はなかった。

『勇者』の加護を嫌っているのだから当然だ。

まぁ先代勇者の伝説については俺やアレス、エスタが知っていたから、知識面では仲間がフォローすれば問題なかった。

「先代勇者が勇者の証を手に入れたのは、『賢者』リリスが先代勇者の志に感銘を受け、彼とともに旅立つ決心をした後の物語です」

ヴァンは先代勇者の物語を語った。

「リリスは考古学の研究者でした。現代では記録にも伝説にも残っていない人間の時代以前の『勇者』について研究していて、現代のアヴァロニア王都の近くにある古代エルフの遺跡に古い時代の『勇者』達が立ち寄ったことを突き止めていました。リリスは先代勇者を遺跡に案内し、そこで勇者の証を見出《みいだ》しました。それは『勇者』でなければ手にすることができない秘宝であり、人々は彼を『勇者』だと認め、魔王軍と戦う為に彼のもとに集結しました」

先代勇者。

かつて魔王を倒した英雄であり、人間の時代を拓《ひら》いた者である。

先代勇者の旅立ちは現代の『勇者』であるルーティやヴァンと違い、すでに魔王に世界が支配された後からだった。

当時大陸を支配していたウッドエルフ達と魔王軍は戦い、ことごとく壊滅した。

人間の部族の諸王達は魔王の支配を受け入れる他無く、デーモンの奴隷として暮らしていたという。

そんな時代に現れたのが先代勇者……彼の名前は伝わっていない。

彼は仲間とともに力を蓄え、各地で反乱を起こし、ついに魔王城に乗り込み魔王を討ち滅ぼしたのだ。

そして、先代勇者は『賢者』リリスと結ばれ、彼らの息子が最初の人間王国ガイアポリスの王として人間を統治することになった。

また先代勇者の仲間の大戦士マハラートが冒険者ギルドの前身である戦士ギルドを設立したり、聖者コルシカが聖方教会の再建の中心となったり、英雄達のその後が今の時代につながっている。

その後、勇者達が建国したガイアポリス王国は、魔王軍に従っていた事で追放された人間達の子孫によって滅ぼされることになる……皮肉な歴史だ。

それが俺やルーティの故国であるアヴァロニア王国。

王都とは、かつてはガイアポリスの勇者城があり、そしてそれ以前は魔王城と呼ばれていた地なのであった。

「その時のゴタゴタで先代勇者の記録が散逸しちゃったんだよね」

リットが残念そうに言った。

エスタも同意するようにうなずく。

「教会にもアヴァロニア王都と同程度の記録しか残っていない。唯一期待できるとしたら、ガイアポリス王族の生き残りが建国したカタフラクト王国の歴史書だが……仮に残っているとしたら、カタフラクト王国がそれを隠す理由もないだろう。記録があれば大々的に喧《けん》伝《でん》し、我が王国は勇者の正統だと主張するはずだ」

こうして先代勇者はその偉業に対して、どのような人物だったかはおろか名前すら忘れられてしまったのだ。

……本当にそうだろうか？

それぞれ自分の組織で偉業を残しているからというのもあるだろうが、勇者の仲間達は名前や記録が残っているのに、その時代の最大の英雄であるはずの先代勇者の記録だけが欠けてしまうなんてことがあるのだろうか？

俺には勇者の記録の欠如に、誰かの意思を感じてしまう。

それが善意なのか悪意なのかは分からないのだが……。

＊　＊　＊

入り口から奥へ入ると、古代エルフの昇降機があったところへ出た。

ゾルタンの冒険者が立ち入るのはここまで。

ここまでは森の植物が入り込んでおり、環境が良いのか変わった薬草が生えていて、遺跡の周囲にいるキマイラを恐れない豪胆な冒険者が薬草を採りにきたりする。

だが、この下へ行く冒険者はいない。

「降りるか」

俺は穴を覗《のぞ》き込みながら言った。

「ヴァンは高い所から降りる手段はあるか？」

「もちろん！」

「よし、じゃあ降りるぞ」

全員地下へと飛び降りる。

俺は壁を蹴《け》って減速しながら。

俺の横を精霊魔法でゆっくり落下していくのはリット。

同じく魔法で降りていくエスタが少し不安定なのは、アルベールを抱えながら飛んでいるからだ。

エスタの実力なら人を抱えても安定して低速落下できるはずなのだが、多分アルベールを抱きかかえていることに動揺しているんだろう。

危なっかしいからリットとヤランドララにサポートするよう目配せする。

さてヴァンはというと、垂直の壁を走り降りている。

「やっぱりヴァンが一番速いね！」

肩に座っているラベンダが嬉《うれ》しそうに騒いでいる。

別に速度を競っているわけじゃないのだが……。

「舐《な》めんなよ！」

ダナンがものすごい勢いで落下していった。

武技を応用した空中加速だ。

床に激突する寸前に、空中で急減速しながら着地する。

まったく超人だな。

「どうだ！」

「あの筋肉男、ヴァンの邪魔するなんて!!」

「ダナンさんはすごいなぁ」

勝ち誇るダナン、悔しがるラベンダ、マイペースなヴァン。

3人が三者三様の表情で降りたあと、俺達も次々に床へと着地する。

うん、全員無事だな。

「拠点はこっちだ」

俺はパーティーの先頭に立ち仲間を案内する。

斥候役のリットは俺の隣。

その後ろから全員が陣形を組んで付いてきていた。

しばらく進んだ後……。

「ん？」

俺は違和感をおぼえて立ち止まった。

そこにあるのは以前にルーティが破壊した遺跡の守護者クロックワーク達の残骸《ざんがい》。

「どうしたのレッド？」

「ちょっと待ってくれ」

俺は座って残骸を調べる。

やっぱり足りない。

「パーツが足りない、壊れた残骸からパーツを持っていったやつがいる」

「ええっ⁉　でもこの遺跡、前の時から誰も入っていないんでしょ？」

リットが驚いて言った。

「古代エルフの遺跡の奥まで行こうという冒険者はゾルタンにいないと思うし……入り口にも他に人が入った形跡は無かったわよ！」

「私も気が付かなかったわ」

リットの『スピリットスカウト』の斥候としての能力とヤランドララの『木の歌い手』の植物にかんする能力。

遺跡の入り口は植物が入り込み森の一部に近い状態だったから、2人の目を欺くことはそう簡単にできることではない、少なくともゾルタンの冒険者では不可能だ。

「別の入り口があるとか」

ヴァンが言った。

確かにその可能性はあるのだが。

「別の入り口は多分あると思う。だが冒険者の仕業なら、装甲が残っているのはおかしい。クロックワークの部品で一番高く売れるのは装甲だからな」

「そっか、うーん……」

ヴァンは首をひねって考え込んだ。

俺が思うにこれは……。

「何くだらないことで悩んでいるのよ」

俺が発言するより早くラベンダが肩をすくめて言った。

「あいつらって確か共食いするでしょ、昔よく見た光景じゃない」

ラベンダの言葉は推測ではなく思い出だった。

そうか。

「ラベンダは古代エルフの時代も生きていたんだったな」

ラベンダの正体は災害の妖精《ようせい》。

ウンディーネいわく、かつて世界中を荒らし回り、竜《ドラゴン》と古代エルフによって滅ぼされた災害の妖精最後の生き残りだ。

なんてことだ、古代エルフについて必死に考察していたのが馬鹿らしくなる答えが目の前にいるじゃないか。

「どうでもいいじゃない、昔のことなんて」

だがラベンダは古代エルフの話に興味がなさそうだ。

人間を区別するのも基本的に考えないラベンダにとって、古代エルフとの戦いも心に残るようなものではなかったのかも知れない。

やはり妖精の価値観は人間とは違うのだろう。

「共食いってなんだ？　あいつら食事するのか？」

ダナンはさっぱり意味が分からないという様子で言った。

「壊れているクロックワーク達から使える部品を集めて、別のクロックワークを修理するんだろう」

「よく分からん」

「……新しいクロックワークが出てくるかもしれないから警戒した方がいいってことだ」

「なるほど！　最初からそう言ってくれよな！」

ダナンは笑って俺の背中を叩《たた》いた。

痛いから止めて欲しい。

クロックワークについては俺も詳しくない。

古代エルフの時代から数千年、壊れること無く動き続ける歯車仕掛けのモンスター。

研究者達は、クロックワークを現代の魔法技術で再現することを目的とした、クロックワーク・ゴーレムを研究しているが、現状では魔法のゴーレムの動作の一部を歯車仕掛けに置き換えることしかできていない。

「動いているクロックワークなら音がするから分かるんだけど、静止していると気配も魔力も感じないから厄介なのよね」

「熱もないし呼吸もしない、植物の力を借りても難しいわ」

リットとヤランドララが言った。

クロックワークの不意打ちは相手が動き出してから反撃するしかない。

ティセから聞いた限り、この遺跡の防衛戦力はとんでもなく強力だったらしい。

あのティセが、「ルーティ様がいなければ生還はできなかった」と言い切ったくらいだ。

「この遺跡にはクロックワーク・ドラゴンまで存在していたそうだ、もし修復されているなら心してかからないといけないだろう」

「クロックワーク・ドラゴン……確か先代勇者の伝説に出てくる怪物だよね」

「ああ、過去の魔王軍が修復して兵器として投入した。その強さに先代勇者は敗北し、勇者の仲間を殺した究極の兵器だ。ここにいたのが伝説通りの性能だったかは分からないが、勇者であっても油断できる存在ではない」

そういえば先代勇者の伝説において、古代エルフの技術は勇者の証《あかし》の入手先という以外は、魔王軍が修復して使っている脅威としてしか登場しないな。

そこらへんも教会の勇者であるヴァン達が古代エルフの遺跡を軽視していた理由になるんだろう。

「なぁラベンダ、古代エルフって一体何者なんだ？」

「何者って、どこにでもいる生き物よ、あんたら人間と同じでね」

ラベンダは何を言っているんだという表情で俺を見ながらそう言った。

答えは目の前にあるが、具体的な内容を聞き出すことは難しそうだ。

「もういいだろ、早く寝床にいこうぜ」

「そうだな」

ダナンの言葉に促され、俺達は奥へ進むことにした。

＊　　＊　　＊

警戒して進んだが、危惧《きぐ》していた修復されたクロックワークと遭遇することは無かった。

静かな通路に、靴が金属の床を叩く音が響く。

ウッドエルフの文字で勇者管理局と書かれた粘土板のある場所を進み、さらに奥へ。

「ここだ、何事もなく到着して良かった」

俺達は『錬金術師』ゴドウィンが工房として使っていた部屋に着いた。

「扉が壊れてるね」

「色々あってルーティが壊したんだ」

「色々」

半分くらい俺のせいだった気もするが、まぁ俺達以外誰も使わない部屋だし良いだろう。

ずっと未来の時代の学者が貴重な遺跡を壊した誰かにキレているイメージが頭に浮かんだが、考えないことにする。

「それじゃあ拠点設置するか」

「うん、任せて、リュブさんからもらった便利なマジックアイテムがあるんだ……」

ヴァンがアイテムボックスを取り出すが。

「まぁ待て、せっかくの機会だからマジックアイテムに頼らず自分で拠点を作ろう」

「えぇっ!?　なんで!!」

「これまで旅の最中は全部そのマジックアイテムで済ませるか、同行した教会の戦士がやってきたんだろ？」

「それはそうだけど、マジックアイテムを使えばすぐなのにわざわざ苦労する意味あるのかな」

「マジックアイテムが使えない状況になったらどうする？　アイテムボックスが奪われたら？　牢獄《ろうごく》にぶちこまれそこからシャツ１枚で脱獄して味方のところまで戻らなければならないことだってありえる」

「……分かったよ」

「よし、道具はこちらで準備してあるからエスタに教えてもらいながらやってみろ」

ヴァンは渋々とエスタのところへ向かう。

エスタはそんなヴァンの様子に苦笑しながらも、真摯《しんし》に教えていた。

「素直になったねぇ」

リットが俺の隣に来て言った。

「根が真面目で努力家なだけに一度他人の価値観を受け入れられるようになれば柔軟だな。突然『勇者』の加護に目覚めて信仰が行き過ぎるようになった前の姿の方が、ヴァンの本来の性格からズレていたんだと思う」

「うーん、加護って難しいね」

「まったくだ、一体デミス神は何のために加護を作ったんだか」

魔王を倒して世界を救うことが目的なら、もっと効率的な方法がいくらでも考えられる。

『勇者』の存在理由は世界を救うことを目的としていない。

「ルーティとヴァン、2人の『勇者』は全くの別物だけど、その点は意見が一致しているよね」

「そう言えばそうだ」

ルーティは『勇者』は人を救うために作られたわけじゃないと言い、ヴァンは『勇者』は悪に勝つことではなく悪と戦うことが目的で勝敗は目的ではないと言った。

どんな伝説よりも『勇者』を宿す当人達の言葉の方が正確だ。

「デミス神は善と悪を平等に扱っているのかな？　どちらに肩入れすることもないように、同じくらいの強さになるよう加護を作っているとか」

「それも変な気がする。だったら『勇者』も『魔王』もいらない、人間とデーモンがいれば十分だ」

「うーん、この遺跡で答えが見つかるとすごいんだけど」

「でもその秘密が公開できるようなものか分からないよな、リュブが同行していなくて良かったのかもしれない」

リットとそんな話をしているうちに、ヴァンとエスタは拠点の設置を終えたようだ。

雨風を凌《しの》ぐ必要が無いのでテントは無いが、ここで寝泊まりできるよう寝床や簡易キッチンなどが用意されていた。

「上出来だ」

「やり方さえ分かれば簡単だったよ」

ヴァンは少し誇らしげだ。

こういうところは少年らしいな。

「それじゃあ飯にするか」

冒険初日は何事も無く終わりそうだ。

*　*　*

夜。

といっても遺跡の中では太陽も月もない。

食事も終わり、仲間達は思い思いに過ごしていた。

俺は訓練用の剣を持ってヴァンに剣術を教えている。

「甘い」

「くっ！」

俺の剣の切っ先がヴァンの首筋の寸前で止まる。

今やっているのは相手に当てない模擬戦。

剣術の形を見直すための訓練だ。

『勇者』としての強力なスキルの数々も剣の動きにしか影響を与えない状態でなら、剣術を知る俺の方が優位に戦えるな。

「よし、動きの悪かったところの防御のやり方を教えよう」

「はい！」

俺が教えた技を真面目に繰り返すヴァン。

憶《おぼ》えは良い、理解力もある。

「だがヴァンは得意な技で解決しようとする癖があるな。それに技の応用も上手《うま》くない」

「じゃあ、どうすればいいの？」

「癖を直すよりは、得意な技から派生する技を増やすべきだな。防がれた後にそこから相手の剣を制して優位に立つ技を準備した方がいいだろう」

「なるほど！」

1日で上達するほど剣術は浅くない。

すでに実戦によって剣の形ができてしまっているヴァンならなおさらだ。

だがヴァンは繰り返せば繰り返すほど、着実に俺が教えた技をものにしている。

今は以前のヴァンより弱く感じるし戦いにくいだろうが、いずれ必ず強くなるだろう。

「ふう、今日はここまでにしよう」

「えっ、でも」

ヴァンは物足りなそうだ。

だが時間もずいぶん遅くなった。

今は11時。

剣術訓練の時間が少し長すぎたかもしれない。

「もう少しやっても……」

それでもヴァンは不満そうだ。

この間まで剣術の価値なんて感じていなかったヴァンだったが、今では剣術の面白さを分かってきたようだ。

「俺が剣を教えられるのは短い間だが、旅を始めたら色んな人の戦い方を見るといい。剣の道は剣士の数だけある……楽しいぞ」

俺は座り、汚れた体を濡《ぬ》らしたタオルで拭《ふ》いて綺麗《きれい》にする。

「さてヴァンは睡眠耐性を持っているんだったな」

「うん、だから夜はいつも加護レベル上げに近くのモンスターと戦ってきたけど」

「私も一緒にね！」

剣術訓練の時は離れて応援していたラベンダがヴァンの肩へと飛び乗って言った。

「それじゃあ、俺が寝るまでに先代勇者と勇者の証について、もう少し話すか」

俺はタオルを置いて、ヴァンへと向き直った。

「ヴァン、勇者の証は最後どうなったのか分かるか？」

「教会の記録だと、魔王を倒した後に元あった古代エルフの遺跡に返還したとされているよ」

「そうだな、しかしなぜ先代勇者は勇者の証を元の場所に戻したんだろうな」

俺の質問に対し、ヴァンは言葉に詰まった。

「次の勇者に勇者の証を託すため？」

「良い発想だ、勇者の証のあった遺跡は『勇者』の加護持ちでなければ開けられないような仕掛けがあった。先代勇者が次代の勇者に託すのにこれほど確実な保管場所はないだろう。俺もルーティと旅を始めるまではそう思っていた」

「え？」

「ヴァン、『勇者』は魔王を倒したら役割を終えて衝動が無くなると思うか？」

「……あ！」

ヴァンはハッと気がついた様子で声を上げた。

「『勇者』の役割は悪を倒し人を救うことだ。この世界から悪が消え、救いを求める人が1人もいなくなるまで、『勇者』の役割は終わらない。そしてそんな世界が実現することは絶対に無い」

魔王を倒したとしても、ルーティが『勇者』から解放されることは無い。

俺の夢であった、ルーティが普通の少女として平和に暮らすという未来は、たとえ魔王を倒しても実現することのない未来だった。

「だったら先代勇者が魔王を倒したくらいで勇者の証《あかし》を返したのはおかしいってことだよね」

「そうだな、『勇者』の役割が残っているのに、『勇者』を辞めることはできない。勇者の証はまだ必要だ」

「うーん……」

ヴァンは考え込む。

だが答えは見つからないようだ。

俺はコップにコーヒーを入れ、冷めるまで待ってから話を始めた。

「俺の推測では勇者の証は返還されなかった」

「……それはおかしいよ」

「まぁ聞け、『賢者』リリスは世界を救った英雄であり王母としての逸話しか残っていないが、元々は考古学者だ。古代エルフの遺跡についても理解していたんだろう」

俺は一度言葉を切って、コーヒーを一口飲んだ。

少し苦いな、挽《ひ》き方を間違えたか。

「俺も古代エルフについてはずいぶん調べた」

ルーティの『勇者』の衝動を抑える方法を探してだ。

人間の力では不可能でも、古代エルフやデーモンの力ならと思ったのだ。

結局、『勇者』からルーティを解放する方法は見つからなかったが、学んだ知識は旅の間も役に立った。

そして何より古代エルフの知識は、聖方教会で教えられている神から与えられた知識とは違った世界を教えてくれた。

「俺達が王都近くの古代エルフの遺跡で勇者の証を見つけた時、勇者の証は新しく生産されていた。あの勇者の証は先代勇者が使ったものとは別、同じ効果を持つ古代エルフの遺産に過ぎない。『勇者』を作ったデミス神とは関係のないものだ」

「妖精《ようせい》の集落でも聞いたけれど……信じられないなぁ。教会の勇者についての経典にも勇者の証は神の金であるオリハルコンで作られていると書かれてある、つまり神から与えられたものでしょ」

「この床と同じだ」

俺は硬質の床を軽く叩く。

鈍い音がした。

「俺達にとって未知の金属であるというだけ、オリハルコンは神の金などではなく、古代エルフの作り出した金属であったはずだ」

つまりは。

「古代エルフは『勇者』について理解していた。だから『賢者』リリスは、先代勇者の記録から古代エルフについての事実を隠すため、記録を不完全なものにしたんだ」

『賢者』リリスは勇者の血統を利用して王国を建国し大陸の支配者となった。

その権威に不都合な何かを、彼女は知っていたのではないか。

「すごい推理だけど、本当かどうか確信持てないよ」

「そうだな、所詮《しょせん》すべて推測だ。答えがこの遺跡にあればいいが」

「……不思議な気持ちだな、僕が『勇者』じゃなければ、怖いと思ったのかも知れない」

「どうする？　『勇者』が何なのか知らずに帰るか？」

「ううん、僕は知りたい。僕に与えられた『勇者』の意味を知って、どんな『勇者』になればいいのか考えて、その上で世界を救いたい」

ヴァンはしっかりとした口調で言った。

「大丈夫よ！」

俺の話に興味のなさそうだったラベンダが、ヴァンの頬に妖精の小さな唇でキスをしながら明るく言った。

「ヴァンはもう最高の勇者なんだから、秘密とか何とかよく分からないけどヴァンがヴァンのままなら絶対大丈夫！」

「ありがとう、ラベンダ」

ヴァンは肩に乗るラベンダに視線を向けて言った。

以前のヴァンはラベンダのことを見ているようで見ていなかった。

ヴァンは仲間ですら『勇者』の加護を通して見ていたから。

仲間との信頼関係もこれから築き上げていくことだろう。

ヴァンとラベンダが楽しそうに話し始めたのを見て、俺は邪魔をしないようそっと離れ寝袋へ向かった。

「お疲れ様」

「ヤランドララも今日1日お疲れ様」

寝袋に入ろうとする俺に、ヤランドララはベリーを1房くれた。

口に入れると甘酸っぱい味がした。

おやつにちょうどいい。

「あの勇者があそこまで丸くなるなんてねぇ」

ヤランドララはラベンダの冗談を聞いて笑っているヴァンを眺めながら言った。

「あれならちゃんと世界を救いそうね」

「そうだな」

「でも私は勇者1人に世界を背負わせるなんて反対だけど」

ヤランドララはずっとそういう考え方だ。

勇者の仲間でありながら、勇者という役割を否定する。

思い返せば俺達のパーティーも考え方がバラバラなメンバーだったなぁ。

「ヴァンは教会という組織に属している。教会に利用されはするだろうが、教会の軍を率いて戦うことになるはずだ、ヴァン1人がすべてを背負うことにはならない……と思いたい」

「『勇者』の衝動次第ね」

「そうだな」

軍というのは人を救うために最適な行動を取れるわけではない。

『勇者』の加護の衝動と、軍という巨大組織は相性が悪い。

いずれ軍を離れ、かつての俺達のように少数で世界の命運を背負うことになるかも知れない。

「ねぇレッド」

ヤランドララは声を落として言った。

「『勇者』ヴァンはどうして笑えるの？」

『勇者』ルーティは笑えなかったのに。

ヤランドララはそう言いたいのだろう。

「……分からない」

俺はそう答えるしか無かった。

*　　　*　　　*

翌日。

冒険2日目。

朝食は野菜と卵のサンドイッチとベーコンスープ。

冒険最初の朝くらいは新鮮な食事を用意した。

のんびり食事を楽しむとはいかなかったが、みんな美味しそうに食べてくれた。

朝食が終わり、全員集まって今日の打ち合わせを始める。

「手分けして探索しようぜ」

提案したのはダナンだ。

「何があるか分からないが、大体のエリアはルーティとティセが探索したんだろ？　変なものが見つかるまでは手分けしてもいいだろ」

「うんうん、いいと思うわ！　私とヴァンが一緒で、他のやつらは別行動すればいいじゃない！　リットもレッドと一緒にいたいでしょ⁉」

「え？　まぁそりゃ私はレッドと一緒に行動するつもりだけど」

「ラベンダ、今は真面目な話をしているんだよ」

「もぅヴァン！　私だって真面目な話よ！」

ラベンダの発言をきっかけにワイワイと騒ぎ出す。

ラベンダの存在は、ヴァンがこれから進む過酷な旅に明るさをもたらしてくれるだろうな。

でも今は引き締める時だ。

「静かに！　意見をまとめよう」

みんなすぐに会話を止めてくれた。

ラベンダだけはまだ話そうとしたので、ヴァンが指で口をふさいだようだが。

もごもご言っている。

「確かにこの遺跡はルーティ達がかなりの範囲を探索しているし、危険も排除されている。だがルーティの目的は遺跡に隠された秘密を明らかにすることではなかった、クロックワークが復活している可能性だってある」

俺は仲間達を見回す。

「分けるのは2パーティーだ、それ以上はリスクが高いと思う」

「そうだな」

エスタが同意した。

「それに何かあればすぐに駆けつけられる距離で探索した方がいいだろう。常に同じ階層にいた方がいい」

アイテムボックスから信号笛を取り出し、全員に渡した。

冒険者の間でもよく使われる小型だが大きな音が鳴る笛だ。

3つの高さの音を出すことができ、遠く離れた仲間に信号を届けることができる。

「皆もこの方針でいいか？」

「ああ、問題ねぇ！」

ダナンが頷《うなず》いた。

他の皆も異議はないようだ。

「それじゃあパーティーは……」

パーティーAが俺、リット、ダナン、ヤランドララ。

パーティーBがヴァン、ラベンダ、エスタ、アルベール。

「ひとまず仲間同士組むのがいいだろう。何かあったらすぐに知らせること、無茶《むちゃ》をする必要は無いからな」

「分かったよ」

ヴァンはコクリと頷いた。

ははは、頼もしくなってきたじゃないか。

探索はルーティが探索済みのエリアの再確認と安全確保から始めた。

かつてクロックワーク達を制御する親歯車《クロックワークマザー》があった場所にも行ってみたが、壊れたままだった。

これが直らなければクロックワーク達は行動できないはずだが……。

「指揮官が倒れたら全滅する軍か」

もし俺がクロックワークを作った古代エルフなら、とても重要な遺跡を守るのにそんな脆弱《ぜいじゃく》な仕組みは作らない。

必ず指揮官が倒れた場合を想定する。

「まぁクロックワークは生き物じゃないか」

探索を続けよう……。

その後、2日目の探索は何事もなく、成果もなく終わった。

ルーティが探索したエリアはどこも変わった様子は無かった。

明日は下の階層に行ってみるか。

＊　　＊　　＊

3日目。

今日の朝食は肉と野菜をオリーブオイルで焼いたものだ。

食べ終わった後に残ったオリーブオイルはパンですくって食べると美味《おい》しい。

今日は下の階層の探索に向かう。

アレスと戦った部屋や、かつてシサンダンが使った〝神・降魔の聖剣《セイクリッドアベンジャー》〟が保管されていた部屋にも行ってみた。

ルーティが暴走した経緯を考え、『勇者』であるヴァンが入るのは不安だったため、最後の部屋は俺が調べた。

見たこともない巨大な魔法の装置には驚いたが、『勇者』にかかわるようなものは何も見つからなかった。

それにここは聖剣の保管庫であり、他の用途で使われるとも思えない。
今日は空振りだったな。

＊　　＊　　＊

4日目。
朝食は塩漬けの保存食を使ったシチュー。
今日は拠点としているフロアから見て上層側の探索に向かった。
ガランとして何も無いフロアだった。
得体のしれない装置はあったが、どれも壊れてしまっているようだった。
どうやら昔はこの天井の上は地上に露出していて何らかの装置が動いていたようだ。
それが埋まってしまったため、このフロアの装置は使えなくなってしまったのだろう。
今日も空振りだった。

＊　　＊　　＊

5日目。

朝食はクッキーと豆スープ。

まだ調べていないエリアを探索する……何もなかった。

ふーむ、探索はこれで一通り終わってしまった。

俺達は昼過ぎに一度集まり作戦会議をした。

「何もなかったわね」

リットが残念そうに言った。

弱ったな、ここまで何も見つからないとは思わなかった。

「ウッドエルフの粘土板がテキトー書いてたんじゃねぇか？」

「ふむ、確かにあの粘土板はこの遺跡を調べたウッドエルフが書いたものだ、正しいという保証はないな」

ダナンとエスタが言葉を交わす。

「セオリー通りなら、ここからはお互いの探索エリアを交換して見落としが無いか調べる？」

冒険者経験も豊富なヤランドララが言った。

確かに手分けした場合は、そうやって調べることが多い。

冒険者ギルドの訓練所でもそう教えられる。

探索には個人の癖があり、他のパーティーにあらためて探索させることで見落としていた発見があるという理屈だ。

「面倒くさいしもう全部壊しちゃおうよ」

「それじゃあ意味ないじゃないか」

物騒なことを言うラベンダと、呆《あき》れた顔でたしなめるヴァン。

壊すのは論外だが、どこか隠し通路があるのは間違いないだろう。

「だが腑《ふ》に落ちないな」

「腑に落ちないって、レッドは何か気になることがあるの？」

リットが俺のつぶやきに反応して言った。

俺は自分の考えをまとめ、答える。

「これだけ探して見つからないってことは隠し通路があると思うんだが、古代エルフはなぜ通路を隠す必要があった？」

「どういうこと？」

「リットは、何か理由があって人を入れたくない部屋があるとき、どうする？」

「どうするって……そうね扉に鍵《かぎ》をかけるわ」

「そうだ、俺もそうする。隠し通路にするのは、他人に見られたくないような、王宮の脱出路や魔法使いの違法な研究室とか特別な条件があるときだけだろう？」

「ここもそういう施設なんじゃないの？　古代エルフってよく分からないし、こんな地下奥深くにあるし」

「確かに古代エルフはよく分からない存在だけど、この遺跡は何か目的があって運用されていたものだと思うんだ。実用的な設備に隠し通路は作らないはずだ、何より古代エルフ的じゃない」

「古代エルフ的ねぇ」

リットは首をひねっている。

「レッドの言うことも理解できる、だがそれでどうする？」

エスタが言った。

俺はさっき思いついた予測を言葉にする。

「通路を隠したのは古代エルフじゃない、あとからここを調査したウッドエルフ達だ」

だとしたら調べるのはあそこだ。

＊　　＊　　＊

俺達は全員で勇者管理局と書かれた粘土板のところへやってきていた。

「言われた通り運んできたけど、これどうするんだ？」

ダナンは背負っていたものを床に下ろす。

ルーティが破壊したクロックワークソルジャーの残骸《ざんがい》。

その中でも比較的きれいなものを持ってきた。

「試したいことがあるんだ、確信があるわけじゃないから何も起こらなくてもがっかりしないでくれよ」

俺は仲間達、特に期待を目にたたえているリットとヴァンに苦笑しながら言った。

これで何も起こらなかったら恥ずかしいが……。

だが待つこと15分ほど。

「何か近づいてくる！」

リットが警告を発した。

「皆、いつでも戦えるように意識はして欲しいが、まだ戦闘態勢は取らないでくれ」

俺の言葉に仲間達は頷き、武器を抜かず状況を見守る。

やがて、ガチャガチャと足音が聞こえてきた。

「あっ!!」

リットが驚いて声を漏らした。

壁の中から4脚のクロックワークが歯車の音を立てながら現れたのだ。

クロックワークが現れたところを中心に金属の壁がまるで液体のように大きく波打っている。

「これは……ウッドエルフの呪いだ！」

「ロガーヴィアの惑わしの森と同じ……！」

精神に作用する強力な幻覚の魔法だ。

現代の魔法では解呪《かいじゅ》することは難しい。

「精神に作用してここに壁があると思い込ませている。あまりに強力だから指で触れても壁の質感を誤認するし、物をぶつけても無意識に壁ではなく床に向かって投げてしまう」

クロックワークの残骸からパーツが持ち去られていた。

それがもし別のクロックワークだとしたら、そいつはどこから来たのか？

俺達が見落とした隠し通路からだろう。

つまりクロックワークは通れて、俺達は通れない通路。

そして、通路を隠したのがこの遺跡を造った古代エルフではなく、ウッドエルフ達だとしたら。

俺達と命を持たないクロックワークの違いを考えれば、精神作用の魔法がかかっているのは予想できた。

ならばクロックワークを利用してやればいい。

「なるほど、気が付かなかったわ」

ヤランドララは慎重に壁に触れる。

「うん、まだ抵抗を感じるけど、私はこれが幻覚だと知覚したことで突破できると思う」

ハイエルフであるヤランドララはウッドエルフの呪いについても詳しい。

完全な解呪は無理でも、この条件なら突破できる。

俺達の驚愕《きょうがく》をよそに、出てきたクロックワークは残骸を拾い上げると、ガチャガチャと音を立てて壁の向こうへと戻っていく。

「どうします、後をついて行きますか？」

アルベールが言った。

「ああ、行こう。ヴァンもそれでいいか？」

「もちろん……！」

この先が勇者管理局。

一体何が待っているのか……。

＊　　＊　　＊

通路の奥、扉があった。

クロックワークが近づくと、扉が勝手にスライドして開いた。

「こじ開ける手間が省けたな」

俺達はクロックワークと一緒に扉の向こうへと踏み込んだ。

中は半径6メートルほどのホールになっていた。

「結構人が行き来していたみたいだな」

これだけ広いホールなら、この施設には少なくない古代エルフが滞在していたのだろう。

ホールの奥には大きなゴンドラがあり、あれに乗ってさらに奥へと行けるようだ。

「動かし方は分かるのか？」

ダナンが言った。

俺はクロックワークを指差す。

「あいつが知っているみたいだから相乗りさせてもらおう」

「ほぉ、ここまで考えて俺に残骸運ばせたのか、さすがレッドだな！」

そこまでは考えてなかった。

でもこういう場合は、全部分かっていましたという顔をした方がいいものだ。

俺がニヤリと笑うと、リットがニヤニヤしながら俺を見ていた。

……リットにはバレてるか。

＊　＊　＊

ゴンドラが音を立てて進む。

「ずいぶん進むな」

エスタが言った。

たしかに、もう1キロメートルくらい進んでいるはずだ。

「どんなでかさの遺跡だよ」

「ええ、山の地下全体に遺跡が広がっているんじゃないかとすら思えます」

ダナンとアルベールが話している。

ヴァンとラベンダはゴンドラの端っこで動かないクロックワークをじっと観察していた。

リットとヤランドララは真っ暗な通路の先を眺めながらロガーヴィアの惑わしの森について話しているようだ。

「ずいぶん雰囲気が良くなったな」

エスタは嬉《うれ》しそうに言った。

「もう5日も遺跡攻略《ダンジョンクロウル》をやってるからな」

「新旧勇者のパーティーが一緒に組むのは、これが最初で最後だろう」

「だろうな」

「短い間だが、一緒に冒険ができてよかった。我々にとっても得るものが多かった」

「おいおい、冒険の本番はこれからだろ」

「そうだな、だが我々はこれまで酷《ひど》い有り様だったから、こうしてパーティーが成立しているのを見ていると嬉しくて、つい……な」

「エスタは苦労人だな」

「報われるなら苦労する甲斐《かい》はある」

以前のヴァンとの旅がどれだけ大変なものだったか、俺はおおよそのことしか聞いていない。

だが想像を絶する苦労があったのは間違いないだろう。

それでも「甲斐はあった」と言えるエスタは、勇者と呼ぶに相応《ふさわ》しい英雄だと俺は思ったのだった。

＊　＊　＊

ゴンドラがたどり着いた先も部屋と通路が広がっていた。

「さて、そろそろあいつともお別れして調べるか」

俺は４脚のクロックワークは隣の部屋へ移動しているところだ。

クロックワークは隣の部屋へ移動しているところだ。

隣の部屋にはダストシュートのような穴が空いていた。

部屋に入ったクロックワークはそこに残骸を落とすと、壁のところにある箱の中に入って動かなくなってしまった。

「あの穴に入るのは最後にした方がいいだろう」

「僕もそう思う」

俺とヴァンはそう言いあった。

＊　＊　＊

古代エルフの遺跡にはたくさんの装置がある。

そのほとんどが何をするものなのか分からない。

だから意味のわかるものが見つかると、少しだけ面食らってしまう。

「ウッドエルフの粘土板だな」

まぁ、ウッドエルフが調査した遺跡だし、その可能性はもちろん考えていたからそこまで驚いてはいないのだが。

「また呪いがかかっているとか無いだろうな」

ダナンが嫌そうに言った。

こういうことはダナンにとっては専門外で全く対処できない問題だ。

戦って解決できないウッドエルフの呪いなどは、ダナンにとって天敵……。

「いや、今は訳分かんねぇ呪いには勝てねぇけどよ、俺はいつか呪いもぶん殴って壊せるようになってみせるぜ」

「脳筋過ぎる……」

ちなみに鍵《かぎ》とトラップは殴って壊せるコツを摑《つか》んだらしい。

平和になったら拳《こぶし》でダンジョン探索する技を道場で教えると人気が出そうだな。

まぁとにかく、粘土板を読んでみよう。

「何だこれは」

書かれてあったのは長ったらしい文章を好むウッドエルフにとって珍しいほど短い文章だ。

「この先勇者の災い、引き返せ……か」

解読しやすい文章だ、解釈の余地が少ない。

これを書いたウッドエルフは、それだけこの文章を知って欲しかったということだろうか。

「勇者の災い？」

『勇者』であるヴァンは粘土板に近づき言った。

「ヤランドララ」

「何？」

「ウッドエルフの呪いが無いかどうか調べて欲しい」

「分かったわ」

「ラベンダも頼む」

「えー私？」

ラベンダは嫌そうだ。

「僕からもお願いするよ」

「ヴァンのお願いなら任せて！」

ヤランドララとラベンダ。

2人は念入りに調べる。

「大丈夫、何の呪いもかかっていないわ」

「ヴァンのために頑張ったよ！」

ラベンダはすぐにヴァンの肩へと戻っていった。

「ヤランドララとやる気になったラベンダが調べて何もなかったのなら大丈夫か」

呪いはどんな影響があるのか自覚できないことがあるのが厄介だ。

何か起こったことに気が付かないというのは危険である。

だがハイエルフのヤランドララと、知識ではなく感覚で魔法を使う妖精《ようせい》のラベンダの2

人が調べたのなら大丈夫だろう。

「災いとは一体何なのだ」

エスタが緊張した声でつぶやいていた。

『勇者』と向き合い続けてきたエスタにとっても、この遺跡で見つかる何かに期待と不安を抱かずにはいられないのだろう。

俺達は隊列を整え、警戒しながら勇者の災いへと進んでいった。

＊　　＊　　＊

「勇者の災い」と聞いて、俺は様々な危険を想定した。

すぐに思いついたのは『勇者』を捕らえ、過酷な実験を行う設備だ。

古代エルフはデミス神を軽んじ、それが故に滅んだという説もある。

その説が本当だとしたら、『勇者』に役割を果たさせるより、その力を解析しようとするのではないか。

妄想の域だが、ここは古代エルフの遺跡。

人間より遥《はる》かに進んだ技術と文明を持っていたウッドエルフですら恐れた古代種族の残《ざん》滓《し》なのだ。

そうでなくても、『勇者』を確保して自分達の勢力に組み込もうというのは人間の発想でもありえる。

『勇者』が人間のどんな軍隊よりも強くなるから現代では成立していないが、古代エルフは集団で加護を超えるほど武器が発達していた可能性だってある。

『勇者』を力で従わせるなんてことも可能だったのではないか。

だが……今の所そのような危険は無かった。

俺達が進んでいるのは広い廊下。

時折、左手に扉が見つかることがあった。

こじあけると休憩室になっていたようだった。

ベッドや椅子の跡が残っていた。

「休憩室が多いな」

ずいぶんたくさんの古代エルフがこの遺跡で働いていたようだ。

「何千年も前にいなくなった種族が生活していた跡があるって、何だか不思議ね」

リットは椅子に触れながら言った。

硬そうな椅子だ。

「クッションとなる部分が長い年月で朽ち果ててそうなったのか、それとも古代エルフのお尻《しり》は頑丈でこれくらいの硬い椅子の方が具合が良いのか」

「ふふっ、それは新説ね。そこのところ実際どうだったのラベンダ？」

「別にあんた達と同じよ、私にはあんた達とあいつらの違いなんて全然分からないもん」

この中で唯一古代エルフを実際に見たラベンダは、心底興味無いという様子で肩をすくめていた。

休憩室からさらに少し奥に進み、角を1つ左に曲がる。

長い廊下の突き当たりに大きな扉が見えた。

「あっ、宝箱です！」

アルベールは左の壁に据え付けられた箱を指差し、少し大きな声で言った。

高さ2メートルくらいの鍵付きロッカーのような宝箱だ。

アルベールは冒険者なので、ダンジョンで宝箱を見つけると思わずテンションが上がってしまうのだろう。

「本当ね！」

「開けてみましょうよ！」

同じく冒険者だったリットやヤランドララも嬉しそうだ。

「ヴァンは宝箱好きか？」

「？」

ヴァンはよく分からない様子だな。

冒険者らしい一攫千金《いっかくせんきん》の冒険みたいなものは経験無いから仕方がないか。

「ヴァンのパーティーはこういう鍵を開ける必要がある時ってどうするんだ？」

「ラベンダにお願いするよ」

ヴァンに名前を呼ばれたラベンダは小さな胸を張って威張った。

「ほぉ、お手並み拝見といこうか」

「ふふふ、こんな鍵一瞬よ」

ラベンダは鍵の正面に飛んだ。

「古代エルフの鍵は未知の魔法で鍵を動かす仕組みだ、熟達した盗賊でも手こずるものだが」

「はっ！　あんたらと一緒にしないでよね！」

ラベンダは印を組む。

「精霊よ、私の言葉が命令するわ、この鍵を開けなさい」

パキンと音がして鍵が開いた。

ラベンダは俺の顔の前まで飛ぶと、それはもう完璧《かんぺき》なドヤ顔を披露した。

「それは反則だろ」

今のはずるい。

ラベンダという存在の強大さを使って精霊を操作したのだ。

研鑽《けんさん》した技術や知識も加護から与えられたスキルも関係のない、種族の力を使った力業だ。

「ありがとうラベンダ、君が仲間で良かったよ！」

「うふふ、ヴァンが喜んでくれるならどんな鍵でも開けてあげる！」

本当、便利だなぁ。

「早く開けようよ」

「そうだな」

リットに促され、俺は古代エルフの宝箱を開ける。

「これは……古代エルフの武器か！」

中には1メートルほどの槍《やり》が整然と並べられ12本入っていた。

これはただの槍ではなく、古代エルフの魔力が充塡《じゅうてん》されていれば、巨大なクロスボウのように力場が展開し、強力なエネルギー射出武器としても使用できる……らしい。

王都の図書館にあった資料にそう書いてあった。

「だが……使い方が分からないな」

槍として見た場合、軽いが短い。

頑丈さは分からないが、先端も特別鋭いわけではない。

そもそも古代エルフの魔力がなければ宝の持ち腐れだな。

「売ったら大金になるし、使い方が分かれば兵士に持たせる強力な武器にもなる。ヴァン、アイテムボックスに入るなら持っていくといいだろう」

「え？　全部僕がもらっていいの？」

俺が視線を向けると、ダナンもヤランドララも頷《うなず》いてくれた。

「ああ、ヴァンの旅に役立つかもしれない」

「でも高く売れるんでしょ？　僕達の仲間が使うわけじゃないし、レッドさんのお店はそんなに流行《はや》ってないみたいだし」

「お前……」

性格が丸くなっても遠慮のない失礼なやつだ。

「俺の店は楽しく暮らすのに十分流行っているさ」

「うーん」

「そこは納得しておけ、ほらエスタも見てないでアイテムボックスに収納しろ」

いつまでも押し問答などしたく無かった俺は、エスタに助けを求めた。

エスタはじっと前を向きながら何か考えていた様子だったが……。

「そうか」

エスタは何かに気がついた様子で言った。

「どうしたんです？」

ヴァンがエスタにたずねた。

「ここに武器がある意味を考えていた。こんな遺跡の奥の通路に武器の入った箱があるのは不自然な気がしてな」

なるほど……確かに変だな。

エスタは古代エルフの槍を手に取ると、通路の奥の大きな扉に向けて構えた。

「ここならよく狙える」

「狙える？」

「あそこから何かが出てきた場合、ここなら有利に戦えるだろう」

俺は扉からモンスターがあらわれた時のことを想像する。

少し前に戦ったオーガキン達が扉から溢《あふ》れ出したのが見えた。

なるほど、ここなら一方的に射撃できる。

「だけどあちらは遺跡の内側だ、入り口から敵が攻めてくるなら分かるが、どうして内側からの襲撃に備えないといけないんだ？」

俺の疑問にエスタは肩をすくめた。

「私は戦術知識から考察しただけだ……行ってみれば分かる」

「そうだな、行こう」

あの奥に一体何があるのか、扉を開ければ分かる。

『勇者』とは何かの答えも近くなっているはずだ。

＊　　　＊　　　＊

鍵《かぎ》を斬り裂き、重い扉を無理やりこじ開け奥へと進む。

今度は両側に扉のある通路だ。

ここの区画の通路は道幅が広く取られていて、ここなら剣や槍を大きく振り回しても支障は無いだろう。

そういえばヴァンには狭い場所での剣術を教えていなかったな。

今夜はそれを教えるか。

「狭いところで戦うための剣術か、楽しみだよ」

「ううぅ、夜は私の時間だったのに、レッドのせいでヴァンと2人っきりの時間減っちゃった」

喜ぶヴァンとむくれるラベンダ。

あれだけ恐ろしい敵だった2人も、今は微笑ましいとさえ思える。

そんな気持ちでいると。

「何これ……」

リットの声がした。

斥候の役割を担っているリットは扉を調べて開けたようだ。

「どうしたリット？」

「レッド……こっちに来て」

リットは扉の中を見て呆然《ぼうぜん》としている様子だ。

「ヴァン、ラベンダ、行くぞ」

「うん」

部屋の中へと入る。

「これは……」

中を見て、俺も言葉をなくした。

ガラスのような素材の壁が正面に広がっている。

問題はその向こう。

一言で表現するならこれは巨大な水槽だ。

だが、この液体は断じて水ではないし、中にいるのは魚ではない。

ドロドロと粘性の高い乳白色に濁った液体の中に浮かんでいるのはモンスターだった。

中には無数のキマイラが浮かんでいる……。

「死体か？」

エスタが水槽の数歩手前まで近づいて言った。

「いや、こいつら生きてるぜ」

「ダナン、分かるのか？」

「ああ、仮死状態ってやつなんだろうが間違いねぇよ、こいつらからは気配を感じる」

『武闘家』だからこそ分かる感覚なのだろう。

だが生きているだと？

「この遺跡が造られたのはどんなに最近でも数千年前だぞ、その間ずっと生きているなんて……こいつらは不老不死を達成しているのか」

「そんな良いものじゃないと思う」

リットが水槽の中を悲しそうな表情で眺めながら言った。

「このモンスターはみんな死なないように保管されているだけ、生きてはいないわ」

「……生きてはいないか」

自由を愛するリットにとって、モンスターであってもこの状態でいつまでも生かされるのは許されることではないのだろう。

水槽を壊してしまいたい衝動を感じているようだが、首を横に振った。

「それで、これは一体何のためのものなの？」

ヴァンの言葉に、俺達は感傷や驚愕《きょうがく》から引き戻される。

何のため？

勇者管理局にあったキマイラの保管水槽。

どうも気に入らないな。

「あ、この床に扉があります……下に行けるみたいです」

部屋を調べていたアルベールが言った。

床に設置された回転式の仕掛け扉だ。

取っ手は見つからないが、小さな穴が空いている。

そこにハンドルを差し込んで、中にあるネジを回せば開くようだ。

「ハンドルを探すか」

「面倒くさいでしょ！」

ラベンダがヴァンの肩から飛び降りると、扉の目の前で両手を広げ、それからぎゅっと空中を摑《つか》む動作をした。

すると、穴の中に小さな竜巻が起こった。

これでネジを回すつもりか。

便利な力だな。

「むっ」

だが扉は開かない。ラベンダは不愉快そうに顔をしかめた。

「鍵がかかっているようだな、ハンドルを見つけるだけじゃだめだってことか」

鍵はこの部屋の中を探せばありそうだ。

だが。

「だから面倒くさいでしょ！」

ラベンダは左手で印を組む。

「精霊よ、私の言葉が命令するわ、この鍵を開けなさい」

ガチャンと大きな音がして鍵が回転しながら開いた。扉の先には下へと降りるはしごが見えた。

さっき俺が驚いていたのを見て味をしめたのか。

仕方ない、今回も驚いてやろう。

「わぁ、すごい」

鼻っ面を蹴《け》られた。

結構痛い。

「ラベンダは本当にすごいよ」

「ありがとうヴァン！」

ヴァンに褒められると、俺を蹴ったことなんてどうでも良くなった様子でラベンダはヴァンに飛びついて喜んでいた。

やれやれ。

次の瞬間。


ザザザッ！


耳障りな音が部屋中に響いた。

「なんだアラームの罠《わな》でもあったのか!?」

「ありえないわよ、私が定命の者の罠になんてかかるわけないじゃない！」

大妖精《アークフエイ》らしい傲慢《ごうまん》さでラベンダは否定した。

うーん……これは。

「罠というよりセンドメッセージの魔法に近い気がするな」

「センドメッセージって、確か言葉を離れた相手に送る魔法だったよね」

ヴァンの質問に俺はうなずく。

「ああ、これは未熟な魔法使いがセンドメッセージを失敗した時のような感じがする」

「そうかな、僕にはよく分からないよ」

「リズムだ」

「リズム？」

「ああ、この音には言葉のようなリズムがある。これは古代エルフの声なんだろう」

「古代エルフの声！」

リットが驚いて叫んだ。

「つまりこれは、古代エルフの魔術師が自分のセンドメッセージをルーンにしてマジックアイテムに刻み永続化したもので、そのルーンが壊れてこんな雑音になってしまっているのね」

「原理は違うかもしれないけど、多分そういうイメージだと思う」

雑音は続いている。

俺達は数千年前に滅亡した種族の言葉を聞いているのだ。

残念ながらその内容は分からないが。

「じゃあやっぱり罠に引っかかったんじゃねぇか？」

「だから違うって！」

ダナンの言葉に食って掛かるラベンダ。

ふむ……。

「解錠の精霊が何か別のもののロックまで解除したか」

「どういうことだ？」

ダナンの疑問に俺は答える。

「ラベンダは精霊に解錠の概念を与えて鍵を開けてるんだ」

説明するのが少し難しいが、ラベンダがやっているのは鍵を作り出すのではなく、鍵に対して解錠されている状態になるよう精霊を使って操作しているのだ。

「だからこの扉に接続されている何かのロックまで外してしまったんだろう」

「ほー何となくしか分からねぇがすごいな」

「ふふん」

開けるつもりの無かったものを開けたのだからすごいのかは疑問が残るが、ラベンダはダナンに褒められ機嫌を直したようだ。

……まぁいいか。

＊　＊　＊

はしごを降りた下の部屋は、広くガランと何もない部屋だった。

俺達が降りた側には頑丈そうな扉があり、反対側の奥にも同じような頑丈な扉がある。

それぞれの扉には古代エルフの文字が書かれていた。

「こちらが〝出口〟で、あちらが〝危険〟かな」

古代エルフの文字は未知な部分がほとんどだが、これはよく使われる単語だから何とか読めた。

古代エルフの文字とはいえ優秀な学者達の研究の結果、単語だけなら読める文字も多いのだ。

「危険があるの？」

リットは剣の柄に手をかけて警戒している。

そこに。

「よっと」

最後にはしごを降りていたヴァンが、部屋まで降り終わった。

「まるで闘技場みたいな部屋だね」

ヴァンがそう言った途端。

ザーという大きな雑音が響いた。

「何だ!?」

俺達はすぐさま武器を抜き隊列を組んだ。

ザザザという雑音が続き、ガタガタと壁の向こうから物音がした。

これは……！

「来るよ！」

リットが叫んだ。

危険と書かれていた方の扉が開き、中からキマイラが1体飛び出してきた！

「なんだ、キマイラが1体か!!」

ヴァンは油断はしていないようだが、拍子抜けしているようだ。

いやあれは……！

「あのキマイラ、加護がおかしい！」

「えっ⁉」

「加護が複数ある！　普通のキマイラだと思うな!!」

キマイラの周囲の大気が熱でゆらぐ。

次の瞬間、炎の塊が飛んだ。

「ファイアーボール⁉」

炎は俺達の中心に着弾し、爆発を起こす。

だがその時には、俺達全員が散開しファイアーボールの影響範囲外へと回避していた。

「驚いたが、魔法の威力はアレス殿ほどではないな！」

エスタが一気に間合いを詰めた。

エスタの左手はすでに防御魔法の印を完成させており、仮に魔法で反撃されても防げるだろう。

「ハァァ!!!」

エスタの槍《やり》が突き出された。

だが、キマイラは巨体をひるがえし、エスタの槍をかわす。

「今の動きは『武闘家』のスキルか⁉」

間合いを取ったキマイラは後ろ足で立ちながら、両手で印をそれぞれ組む。

「それは『賢者』の連続魔法⁉」

「違う！　『妖術師《ソーサラー》』と『祈禱師《アデプト》』の加護を同時に使ったんだ！」

エスタの防御魔法を打ち消すディスペルマジックと2度目のファイアーボール。

「小賢《こざか》しい‼」

エスタは人類最高峰の法術使い。

キマイラの解呪《ディスペル》程度では、エスタの防御魔法は揺るがない。

ファイアーボールの爆発がエスタを包むが、その身体にはやけど1つつけられない。

「エスタさん！　今のは囮《おとり》です！」

アルベールが叫んだ。

キマイラの身体が爆炎の中、爪を振り上げエスタの目の前にいる。

武技：飛燕縮《ひえんしゆく》。

このキマイラは戦士系の加護が使う武技さえ使えるのだ。

だが、俺とヴァンはすでに必殺の間合いに入っている。

「レッドさんの言う通りだ、分かっていれば飛燕縮はこんなに隙だらけの武技だったんだ」

「だろう？」

ヴァンの剣が下から首を突き上げるように、俺の剣が上から背骨を斬り裂くように。

キマイラの爪が振り下ろされることはなく、巨体が音を立てて崩れ落ちた。

「よし」

苦戦する程ではなかった。

だが手応《てごた》えのある相手だった。

このパーティーで手応えがあると言えるモンスターはそうそういないだろう。

剣を納めたその時。

「あっ」

久しく忘れていた感覚に俺は声を上げた。

「どうしたのレッド」

「レベルが上がった」

俺の加護レベルが上がったのは、ルーティと旅をしていた頃以来だ。

ゾルタンに来てから一度もレベルが上がったことは無かった。

目を閉じて、加護に触れればスキルを成長させられるのが分かる。

「おめでとうレッド！」

「ありがとう、帰ったら料理スキルでも取ろうかな」

リットに祝われ、俺は笑って答えた。

もう加護レベルが上がることは無いと思っていたんだが……。

その時、また「ザザザ」と雑音が響いた。

「何だ？」

俺達は再び警戒する。

続いてガタガタと音がして……。

「また出た!!」

リットが叫んだ。

開いた扉から先程と全く同じキマイラが飛び出してきた。

「全員散開！　攻撃方法は多彩だが1発1発は下級加護のものだ！　慌てなければ問題なく対処できるはずだ！」

「当然!!」

ダナンが凶暴な表情で飛び出した。

「さっきはレッド達に取られちまったが、『武闘家』のキマイラとか戦いたいに決まってるだろ!!」

「確かに!!」

リットも合わせる。

キマイラは魔法を放ちながら、『武闘家』の構えで2人を迎え撃った。

＊　＊　＊

「あああもう！　しつこい!!」

リットの剣がキマイラの腹を斬り裂き、怯《ひる》んだところをエスタの槍が貫いた。

「これで9体目だ」

エスタはキマイラが死んだことを確認し、「ふぅぅ」と呼吸を整える。

全員まだ余力はある。

だがいつまでも続くのではという不安が、余計な消耗を引き起こしていた。

「きりがないですね……上に撤退しますか？」

アルベールが言った。

すでにアルベールは加護レベルが3も上がっている。

このパーティーの中でアルベールは加護レベルが特に低いからだろうが、それにしたって異常な効率だ。

「だが、魔法や武技を使えるキマイラを放置するわけにはいかない、追いかけてきて遺跡の中で暴れられたら困る」

エスタは扉に向けて槍を構え直した。

「しかし上の水槽、かなりの数のキマイラが保管されていたぞ」

さてどうする。

「レッドさん！」

ヴァンが前に出た。

「キマイラは僕達で倒せます！　レッドさんは状況を打開する方法を考えるのに専念してください！」

「言うじゃないかヴァン」

エスタの口元が嬉《うれ》しそうに笑った。

「こちらは我々新勇者パーティーに任せろ」

「分かった！」

エスタとヴァンに俺は答えた。

現れた10体目のキマイラにヴァン達が向かっていく。

後方にいる俺達に攻撃させないためには、自分達から攻めて相手の行動を制限することが必要だ。

ヴァン達なら大丈夫なはず、俺は思考に専念しよう！

「一体何が原因でキマイラが現れているのかな？」

リットが言った。

リットは俺を守るように剣を構え、目はヴァン達とキマイラの戦いを追っている。

原因か。

「上の水槽から湧き出してるんだろ、ぶっ壊してみるか？」

ダナンが上の部屋を睨《にら》みながら言った。

確かにキマイラは上の水槽から供給されているのは間違いないと思うが……。

「それは止めておいたほうがいい、水槽の中のモンスターが全員活性化したらまずい」

「全部ぶっ倒せばいいだろ、まぁ最後の手段ってことでいざとなったら俺に任せとけ！」

「はは、頼りにしてるよ」

少し気が楽になった。

ダナンは狙って言っているわけじゃないと思うが、パーティーに欠かせない仲間だったとあらためて思う。

俺は考えることに専念だ……そう原因だ。

なぜキマイラが現れた？

俺達がこの部屋に入ったからだ……特にヴァンが床に足を触れてから装置が動き出した。

だが、なぜ部屋に入ったらキマイラが現れた？

罠《わな》……の可能性は低い。
罠にしては殺意が足りないし、あれだけ大掛かりな装置を使う必要もない。
侵入者対策ならクロックワークを使えばいいのだ。
だとしたらこの仕掛けの目的は。
「『勇者』を育てることか」
クロックワークではなくキマイラでないといけない理由。
両者の違いは命があること、つまり生きとし生けるものすべてに宿る加護が目的だ。
加護は加護を持つものを殺すことで成長する。
複数の加護を詰め込んだモンスターは、強さを強化するため改造されたわけではない。
1体殺すだけで、複数体のモンスターを殺したことと同じようにすること。
加護を効率的に成長させるための餌だ。
ヴァンは10体目のキマイラを倒し、11体目と戦っている。
この戦いでヴァンの『勇者』は成長するだろう。
「落ち着け、今は余計なことを考えるな」
原因に立ち戻れ。
この装置が動き出したのは厳密に言えば俺達がこの部屋に入ったからではない。
それだけで動くような装置は、危なっかしくて使えない。

原因はラベンダの精霊を使って解錠したことだろう。

あれが、この装置の起動ロックを解除し動かしたのだ。

ならば、この装置を止めるにはどうすればいい？

「ラベンダ！　上の扉を精霊で施錠してくれ！」

「はぁ!?」

「頼む！　それでキマイラが打ち止めになるはずだ！」

「間違ってたら思いっきり馬鹿にしてやるからね！」

ラベンダは置き土産にとキマイラに電撃の魔法を浴びせると、扉へと飛んだ。

「精霊よ、私の言葉が命令するわ、この鍵《かぎ》を閉じなさい」

上でカチャリと音がした。

再び「ザザッ」という雑音が部屋に響く。

だがそのリズムは、これまでとは違った。

緊張を促すようなリズムだ……これは警告か？

「……そうか！　全員キマイラから距離を取れ！」

俺の言葉にヴァン達はすぐ動いた。

間髪を容《い》れず、周囲の壁から魔力が発せられる。

「レッド、これって一体!?」

「ここが加護レベルを上げるための部屋なら、モンスターを処分する装置もあるはずだ」

ラベンダの解錠に連動してこの装置は起動した。

ならば同じ場所を施錠すれば装置を停止させることができるはずだ。

そして、当人達が滅んでも設備が動くくらい自動化する古代エルフの執念を考えれば、装置が停止する前に部屋に残ったモンスターを排除する装置もある！

周囲の壁から発せられた魔力が空中に円形の魔法陣を作り出した。

次の瞬間、閃光《せんこう》がキマイラを貫く！


ガタン!!


なにか音がした後、遺跡を照らしていた魔法の照明が消えた。

魔力が急激に減退し、キマイラを貫いていた閃光は消滅した。

「あれ？」

キマイラは健在だ。

というかそんなにダメージを受けていない。

「〝雷光の如き脚〟!!」

俺はスキルを起動して、閃光でよろめいているキマイラに一気に近寄りとどめを刺した。

部屋の中に響いていた「ザザザ」という雑音も無くなり、静かになった。

次のキマイラが送られてくる様子はない。

……よし、勝った！

「さすが私のレッド！」

リットが褒めてくれるが、微妙に予測を外しているので恥ずかしい。

「明かりが必要よね、ライト」

リットが照明の魔法を使って周囲を照らす。

ヴァンの方は飛んでいったラベンダが照明の魔法を使ったようだ。

俺もポーチからライトスティックを取り出し、床を叩《たた》いて発光させベルトに差した。

「全く、とんでもない罠だったぜ」

ダナンは肩をすくめた。

「いや罠じゃないと思う」

「どういうことだ？」

俺は仲間達にこの部屋が『勇者』の加護を成長させるための部屋なのだという推測を話した。

「まさか、あの水槽のモンスターが『勇者』のためにあっただなんて」

ヴァンは驚いている様子だ。

今の戦いで、俺、リット、ヤランドララ、ヴァン、アルベールの5人の加護レベルが上がった。

普通に戦っていたらありえない効率だ。

「俺とリットが前に戦ったオーガキンもここの遺跡から抜け出したやつなんだろう。あれはもう少し加護レベルが低い『勇者』のための相手だな」

それにこの遺跡の周囲にキマイラが生息している理由も、この遺跡から逃げ出した個体の末裔《まつえい》なのだろう。

あれらは加護が2つあったりはしなかったが、加護を複数宿す技術は個体を改造して与えるもので、子孫に受け継がれたりはしないということか。

加護を後天的に宿す技術。

加護は神から与えられたものであり、生きとし生けるものはそれを受け入れなくてはならない。

なぜなら神からの贈り物なのだから、それに対して異議を唱えることは許されないのだ。

それが聖方教会の教えである。

だが、古代エルフはその禁忌を超えていた。

俺はヴァンに目を向ける。

彼もまた後天的に加護を得た1人。

コントラクトデーモンがもたらした悪魔の加護もそうだった。

後天的に加護を操作するというのは人智《じんち》を超えてはいるが、技術的に不可能ではないということだ。

人間だって、自分の加護に満足していない者は多い。

自分の可能性が生まれた時から決まっているということに違和感をおぼえる者もいる。

……いずれ人間も、古代エルフと同じように加護を操作する技術を得る時がくるのではないか。

ラベンダの言っていた、「あいつらもあんたらも変わらない」という言葉が俺の頭をよぎった。

「なるほどなぁ、闘技場のようなもんか」

ダナンが地面に横たわるキマイラの死体を調べながら言った。

「いちいちモンスターを捕まえてこなくてもいいってのは楽だな、それに俺達の加護レベル上げに使えるようなモンスターは捕まえられないからな」

「そうだな、意図としては闘技場に近いか」

ゾルタンにもある闘技場は、この大陸の都市には大体あるものだ。

剣闘士同士の試合を興行として見せるという役割もあるが、一番の目的は加護レベルを安全に上げるため、モンスターを捕まえてきて、負けそうになればいつでも救助できる状況で戦うことが目的の施設だ。

加護レベルを上げるための戦いを見物する人が現れ、それがお金を取れる興行として成立し、やがて人間同士が戦いの技を競い合う興行も行われるようになった。

モンスターを捕まえてくるというのはコストがかかるものだ。

その費用を得るためにも、興行試合は大陸中で行われている。

「観客席はないね」

リットがちょっと残念そうだ。

「古代エルフは闘技場での試合とか好きじゃなかったのかな」

「さてなぁ、ここが『勇者』用の設備だからなのかもな」

リットもロガーヴィアで冒険者をやっていた頃は闘技場に好んで参加していたそうだ。

実際ロガーヴィアでは、勇者ルーティのメンツを潰《つぶ》すために闘技場で挑戦状を叩きつけ
……まぁ負けてしまった。

相手が悪すぎたから仕方がない。

「勇者管理局って『勇者』を訓練する施設だったの？」

じっと考えていたヴァンがそう言った。

「それも1つの役割だったようだ」

「1つってまだあるの？」

「ああ、訓練施設だけならば、これほど巨大な施設を造る必要はない。もっと大きな目的があるはずだ」

「じゃあ『勇者』の秘密はまだあるんだね」

「まだこの施設が『勇者』のためにあることが分かっただけだ、ウッドエルフ達があんな警告文を残した理由が、まだ奥にあるはずだ」

探索を続けよう。

「暗くなって不便ね」

ヤランドララも自分の魔法で照明を作って言った。

魔法が使える加護は便利だな。

「俺も照明だせるぜ」

「え」

ダナンがニヤリと笑うと、「コホォ」と独特の呼吸法を行う。

すると、ダナンの身体が輝き始めた。

「スキル〝火蛇の呼吸〟だ、どうよ」

あれは気功を使えるタイプの加護の超高レベルスキルで、気で水中呼吸したり一瞬だが空を飛んだりできるやつだ。

実際に見るのは初めてだが、どうやら使用中は身体が光るらしい。

「『武闘家』も便利だな」

皆ずるい。

俺はアルベールの方をちらりと見た。

「俺も照明は出せませんよ」

アルベールは苦笑していた。

「それにしても、なんで急に暗くなったんでしょう？」

「……そうだな、多分この遺跡全体が魔力切れを起こしているな」

「魔力切れですか？」

「もう少し調べてみれば分かると思う、とにかくこの部屋から出よう」

「そうですね……どちらから出ます？」

アルベールは梯子《はしご》の上にある回転式の扉と、部屋の中にある古代エルフの文字で〝出口〟と書かれた扉を指す。

キマイラが出てきた〝危険〟と書かれた扉は考えなくていいだろう。

「上は施錠しちゃったからな……建物の構造的に考えれば、俺達が降りてきた扉は非常用だと思う。こちらの扉からでも戻れるはずだ」

「じゃあ調べてみるね」

リットが扉に近づき調べた。

「あれ、鍵《かぎ》とかかかっていないんだ」

リットが扉を動かすとゆっくりと扉がスライドした。

「重そうだな、手伝うよ」

「俺もやります」

俺とアルベールもリットに加勢し、扉を開いた。

「キマイラが外に出ないように鍵がかかっているかなって思ったんだけど、意外」

リットは首を傾《かし》げていた。

確かにリットの言う通り、不自然ではある……。

「もしかしたら魔力で鍵をかけるようになっているのかもな、魔力が枯渇しているから鍵が外れてしまった可能性がある」

「えー、そんな不用心なことある？」

「とにかく鍵が開いているなら好都合だ、早く出よう」

第三章　私の愛をどうか信じて

『勇者』とは何か。

さらにいえば加護とは何のために存在するのか。

デミス神が加護を作った目的とは何なのか……すなわち神がこの世界を創造した意味。

加護を操作できるほど、加護への理解が進んだ古代エルフ達はその答えを知っていたはずだ。

『勇者』とはただ1人の個人が世界の命運を背負う加護。

そんな理不尽な宿命があるか！

何千万か、それとも何億か、この世界にどれほどの人が住んでいるか俺には分からないが、彼ら全員に自分の物語がある。

それなのに、世界のどこかにいる生まれつき決められたたった1人の物語が、すべての物語の命運を決めてしまうのだ。

人の視点で見れば『勇者』は世界のために存在する生贄《いけにえ》のように見える。

同時に、神の視点で見れば……世界は『勇者』のために存在する舞台のようにも見える。

ルーティの為に『勇者』を調べていた頃の俺は、その答えを知りたいと思っていた……。

だが、スローライフを選んだ俺にとっては、『勇者』の意味はもう必要のないものだった。

今だってそうだ。

『勇者』がいなければ海の向こうにいる魔王は倒せないだろう。

しかし、人間だけでも魔王軍を追い払い、この大陸を守ることができる状況まで人は勢力を盛り返した。

戦争の結末としてはそれで良い。

いつか造船技術と航海技術が発達した未来でもっと大きな戦争が起こり、人間が魔王を倒すのかもしれないが、それは未来の話でいい。

今はまだ自分の家族を守れればそれで十分じゃないか。

*　　*　　*

パチンと音がした。

「明かりがついたな」

遺跡の廊下に再び照明が灯《とも》った。

「……この遺跡は死にかけているようだ」

遺跡の探索もずいぶん進んだ。

そこで見たのは、切り捨てられた設備の数々。

モンスターの水槽も半分以上は破棄され死んでいた。

大昔に破棄された様子のものもあったが、腐敗具合から推測するにここ数ヶ月くらいに破棄されたと思われる水槽も多かった。

数ヶ月前にこの遺跡の寿命を縮める大きな出来事があったようだ。

……おそらくルーティやアスラデーモンのシサンダンが遺跡に侵入したことが原因だろう。

「それによってこの遺跡は魔力を大きく消耗した」

「だからキマイラを倒す装置がちゃんと作動しなかったのね」

「あの魔法兵器は魔力を大量に放出していたからな。途中で魔力切れを起こして施設全体が機能不全を起こしたんだろう」

「でもこうして照明が回復したのはどうして？」

リットの疑問に俺は推測を話す。

「多分、魔力を消費する設備をさらにいくつか切り捨てたんだ、本当に大事な遺跡の中枢部分を守るために」

「トカゲが自分の尻尾《しっぽ》を切るみたい」

「そうだな、まるで生き物だ」

この遺跡を造った種族は、とうの昔に滅んでしまっている。

だがこの遺跡は、自分の一部を切り捨ててでも生き延びようとしている。

もうこの遺跡を使う者などいないというのに。

……いや、この遺跡が今日まで生き延びてくれたからこそ、俺達は『勇者』について知ることができるのだ。

この遺跡は自分を造った創造主のことを誰かに知ってもらうため、今日まで生き延びてきた……そんなことを俺は考え、この遺跡を進んでいった。

＊　　＊　　＊

「もうそろそろ最奥だな」

目の前の頑丈そうな扉を見て俺は言った。

「どうして分かるの？」

ヴァンが不思議そうにたずねる。

「勘だ」

「勘って……それ当たるの？」

「結構信頼できるんだぞ」

俺はこれまでいくつものダンジョンを探索してきた。

その経験がダンジョンの構造にパターンを見つけ、勘としてこの先の構造を予想する。

「ヴァンは冒険の大半が加護レベル上げだったから、こういう勘が働くようになるのはまだ先だな」

「そういうものかな」

ヴァンは疑わしそうだ。

そういえばルーティはどうなんだろう？

結構いろんな場所を冒険したけど、俺と同じように勘が働くのだろうか？

いつかみんなで、どこか攻略済みで安全な遺跡を観光に行ってみたい。

昔の冒険者ダンジョンの思い出話なんてしながら、遺跡の中を見て回るのも楽しそうだな。

さて、目の前の扉に集中しよう。

「リット、頼む」

「任せて」

リットは扉に近づき調べる。

「鍵《かぎ》がかかっているわ。他より複雑っぽいけど、こじ開けられないかやってみるね」

リットはそう言うと、しばらく頑張っていたが。

「あー！　これ無理！　この扉がそもそも開けられるように作られてないでしょ！」

リットは両手を上げて叫んだ。

「ラベンダに任せるか？」

「そうね、これは私にはお手上げだわ」

リットはヴァンの肩の上に座るラベンダを見た。

ヴァンは頷《うなず》くと、ラベンダに声をかける。

「お願いできるかな？」

「もちろん、ヴァンのためなら！」

ラベンダはヴァンに頼られると上機嫌になった。

そのまま気分よく精霊を使おうとするが……。

「待て、ラベンダが精霊を使うと、先程のように余計なものまで解錠してしまうのではないか？」

エスタが慌ててヴァン達のもとへと駆け寄る。

ガタン！

いきなり扉が震えた。

ハラハラと大量のホコリが床に落ち、扉が開いていく。

単純な一枚扉ではなかったようで、扉を構成する様々なパーツが順番に外れていく複雑な仕組みの扉だった。

何という構造だろう……これはリットですら手も足も出ないはずだ。

「開いたな」

「開きましたね」

エスタとヴァンが驚いた様子で言った。

「エスタさん、懐から何か光ってます」

「何？」

エスタは鎧《よろい》の下のポケットに手を入れ、淡く輝いている勇者の証《あかし》を取り出した。

「勇者の証が反応しているのか」

「どうやらそれがこの扉の鍵になっていたみたいだな」

勇者の証が鍵か。

この施設は王都の勇者の遺跡と繋《つな》がっていたのか。

「勇者の証は『勇者』しか手に入れられないものだ。ここから先は『勇者』のみが入れる区画というわけだな」

「勇者の証があった遺跡を攻略しないと入れないのね」

エスタとリットはそう言って頷いている。

しかし本当にそうだろうか……？

ここの神が造った遺跡ならそういうこともあるのだろうが、ここを造ったのは古代エルフ。

『勇者』しか入れないというのは合理性に欠ける気がする。

『勇者』の加護を強化する勇者の証。

その強力な効果や、『勇者』だけが手にすることができるという特性から、それが何のために存在するものなのか思考停止しているのかも知れない。

もっと単純に考えれば複製の難しい安全な鍵……。

確かな答えは無い、だが少なくとも1つだけ確かなことがある。

「デミス神の目的と古代エルフの目的は違うな」

古代エルフは『勇者』にどんな意味を見つけたのだろうか。

＊　＊　＊

きっとこの遺跡には、『勇者』のために用意されたものが他にも無数にあったのだろう。

それらの多くは長い年月により機能不全に陥っていたり、あるいは俺達の知識ではその価値が分からず通り過ぎていったりしたのだろう。

だが目の前にあるものは通り過ぎようがない。

「また降魔《ごうま》の聖剣が……」

先程の扉の先には左右に分かれた道が。

どちらも突き当たりには扉があった。

今いる場所は左の扉の先にあった部屋。

そこは一言で表すなら『勇者』の武器庫だった。

「降魔の聖剣が24振り、それに勇者の証が11個、他にある鎧や兜《かぶと》、盾なんかも人間の知る伝説からは忘れられただけで勇者用の装備なんだろう」

勇者のために用意された伝説の装備が店に陳列されているかのように並んでいる。

聖方教会の聖職者が見たら卒倒しそうだ。

俺はエスタの様子をうかがった。

「……なるほどな」

エスタは聖剣に近づくと手にとった。

「大丈夫か？」

「レッド、もし君が魔王を倒そうと考える神だとして」

俺の言葉には答えず、エスタは問いかける。

自分が神だったらという問い、それは聖職者ならタブーとされる仮定だろう。

だがエスタはそんなことを気にする様子もなく言葉を続けた。

「聖剣をどのように人間に与えれば最も効率的に魔王を倒せると考える？」

「そうだな……『勇者』の仲間全員に聖剣が行き渡るようにするな。それか、聖剣の作り方を人間に教える」

「そうだな、だが神はそうされなかった。神のお考えは人間などには計り知れぬものだ」

エスタは聖剣の刃を見て頷く。

「良い剣だ、ルーティが所持していた降魔の聖剣に勝るとも劣らない」

「エスタ」

「神のお考えは分からないが、古代エルフの考えは分かる。彼らはレッドと同じように考えたのだろう」

「つまり、それは俺達にも使えるんだな？」

「ああ。降魔の聖剣、より正確に言えばシサンダンが使っていた神・降魔の聖剣《セイクリッドアベンジャー》を誰でも扱えるよう改変して模造したものだろう」

「聖剣の模造品……」

「そう驚くことでもない。勇者のみが扱える聖剣から得た知識で、誰でも扱える兵器を作るというのは当然の発想だ」

エスタは聖剣を置いた。

「古代エルフの魔法槍《まほうやり》に加えて量産型の降魔の聖剣、どちらも魔王討伐に役立つことだろう」

「エスタは冷静だな、意外だ」

「ずっと神と加護について考えてきたからな、古代エルフ達が知った『勇者』の意味も何となく分かったつもりだ」

エスタは確信を持っているようだ。

「『勇者』の意味……」

「あくまで古代エルフが見つけた答えだ」

俺にはまだ分からない。

じっと考え込んでいると、ヴァンが興味深そうに聖剣に近づいているのが見えた。

「これが降魔の聖剣……」

「触るな!!」

思わず声を上げてしまった。

ヴァンは驚いて俺を見た。

「大声を出してしまって悪かった。だけどこの遺跡の聖剣に触れたことで、ルーティが暴走したことがあったんだ」

「暴走⁉」

シサンダンの最後の策略により、ルーティは神・降魔の聖剣《セイクリッドアベンジャー》に触れ、『勇者』に自我を奪われた。

そのせいでルーティは自分が『勇者』であることの邪魔になる俺やティセを斬ろうとしたのだ。

あれはルーティにとって辛《つら》い記憶だろう。

「大丈夫だ」

エスタが聖剣を手にして言った。

「この聖剣に『勇者』の加護を暴走させるような力はない」

エスタはヴァンに聖剣を差し出す。

ヴァンは警戒しながら、ゆっくりと聖剣を手にした。

「……！」

ヴァンの表情に驚きの感情が浮かんだ。

「力がみなぎってくるみたいだよ！　これが魔王を倒すためにデミス神が『勇者』に与えた聖剣」

「そのコピーだ」

ヴァンの感動をエスタが冷静に訂正した。

「見ての通り、ヴァンが持っても『勇者』の加護の衝動を強化することはない」

「古代エルフは『勇者』の衝動を強化する機能は外したのか」

「合理的に考えれば邪魔なだけだからな」

エスタの声には感情がない。

「エスタ、大丈夫か？　エスタはこの遺跡で一体何を理解したんだ？」

「レッドにもすぐに分かるだろう」

俺もヴァンもエスタの様子に困惑していた。

だがエスタは口元に笑みを浮かべると、ヴァンと仲間達を見渡す。

「さぁ、ここは最強の武器防具が保管されている武器庫だ、必要な分を持ち出そう」

ヴァンは聖剣の他に装備を一式持ち出した。

またアルベールもエスタの勧めで鎧を取り替えることになった。

エスタは聖剣を腰に佩《は》いた。

「これは槍が折れた時の予備にちょうどいいな」

古代エルフが作った模造品とはいえ、それは勇者の伝説に謳《うた》われる降魔の聖剣だ。

今は聖方教会を離れているとはいえ、聖剣を予備の武器扱いすることは聖職者として生きてきたエスタとは思えない態度だった。

……次が最後の部屋だ。

＊　＊　＊

古代エルフの遺跡、勇者管理局の最奥。

リットが扉の鍵《かぎ》をこじ開けた。

中は長机が３つ並んでおり、球状の何かが浮かんでいる……多分これは世界地図か？

「多少地形が違うのは数千年前の地図だからか……いや俺達の地図が正確ではないのか

……すごいな」

俺は世界地図に近づいた。

そっと手で触れると、触れた部分が浮き出して拡大した。

これは魔法の幻影のようだ。

現実を騙《だま》すための幻影ではなく、自在に変化させるための幻影か。

ふむ、これは現代の魔法でも応用できそうだな。

「最後の部屋にあったのは世界地図だけか？」

ダナンは拍子抜けした様子だ。

「『勇者』の秘密とやらはさっきの武器庫でお終《しま》いか」

「……なぁ、この地図に描かれてある黒い点と文字はなんだろう？」

「あん？　こりゃゾルタンのある場所だな」

それに拡大された地図の方には大量の黒い点が現れている。

俺とダナンは訝《いぶか》しんだ。

「……そうか」

よく見ればすぐに気がついた。

「これは人間だ」

「どういうことだ？」

「ほら、この点が集中しているところは町だろ？」

「そういやそうだな」

「……この地図はまだ拡大できるな」

地図の操作は直感的だ。

拡大した地図に触れれば、さらに拡大される。

拡大したものを押し込めばもとに戻る。

便利な魔法だ。

「すごいな、1人1人の動きが見える」

往来を行き交う人々。

露店に立ち止まる者達、井戸端会議をする者達、教会で話を聞く者達……。

「これがあれば部隊の動きとかすべて分かってしまうな」

軍を指揮する時に悩んでいたことの99％くらいがこの地図で解決する気がする。

これを持ち歩ければ無敵の軍ができあがると思うが……この辺境ゾルタンの地下奥深くにあるのでは宝の持ち腐れだ。

「ねぇ、この文字は何なの？」

ヴァンが地図を指差して言った。

動いている人の横に小さな文字が見える。

「なんだろうな……ん、いくつかは読める」

「読めるの？」

「単語ならな……多分これは『闘士《ウォーリアー》』だ」

古代エルフの加護についての文献で見たことがある。

古代エルフにおいても人間と同じように『闘士』が一番多く、次いで『戦士《ファイター》』や『魔法使い』といった下級加護が多かったそうだ。
その文献に『闘士』を意味する古代エルフの文字の写しがあったのを覚えている。
「つまりこの遺跡は〝鑑定〟スキルが使えるってことなの⁉」
ヴァンが驚きの声を上げた。
そりゃヴァンも驚くだろうな、俺も驚いている。
相手の加護を見る〝鑑定〟は『賢者』と『聖者』の2つの加護にしか使えないスキル。
それをこの古代エルフは加護を通さず魔法のみで再現しているのだ。
いや再現に止《とど》まらない、世界中の人間を〝鑑定〟するなんて途方も無い魔法だ。
「……古代エルフ？」
何かとんでもない見落としがある。
目の前の地図に書かれているのは人間の加護。
そこにはモンスターや動物の加護はない。
俺はゾルタン周辺、それから俺達のいる古代エルフの遺跡の部屋を拡大する。
そこにある点は6つ、『勇者』は特別なのか強調して表示されている。
だが俺達は8人なのだから2人足りない。
1人はラベンダだろう、彼女は妖精《ようせい》だからだ。
もう1人は？

「ヤランドララがいない」

ハイエルフであるヤランドララがいないのは理屈に合う。

これは人間を示しているのだから、ヤランドララがいないのだ。

だがそもそも、なぜこれは人間のみを示しているんだ？

「古代エルフの作ったものなら、古代エルフを示していないとおかしいんじゃないか？」

古代エルフの時代に人間がどれくらい栄えていたのか、記録はまったく無い。

だが数百年前、ウッドエルフの時代には人間は部族国家でしかない弱小勢力だった。

そんな人間が古代エルフの時代に大きな勢力を持っているはずがない。原始的な生活を営む蛮人《バーバリアン》であったとするのが定説だ。

そんな人間の加護を表示するようになっているのはなぜだ。

俺はこの中で唯一、古代エルフを見たことのあるラベンダへ問いかける。

「ラベンダ、1つだけ教えて欲しい……古代エルフの耳は俺とヤランドララ、どちらに近かった？」

「耳？　あの頃五月蠅《うるさ》かったやつらなら、あんたと同じ小さな耳をしていたわよ」

ラベンダはそう言って俺の耳を指差した。

「そうか、古代エルフなんていなかったのか」

ラベンダにとって、人間かエルフかなんて些細《ささい》な差だ。

だから言葉の示す意味なんて考えていなかったのだろう。

古代人か古代エルフ、そんなことを気にするのは当事者だけ。

「人間がこの遺跡を造ったのか」

「なるほどな」

俺の言葉を聞いて、エスタは納得したというように言った。

振り返れば、エスタは机に付属した古代エルフの装置を調べていた。

「古代エルフという謎の種族よりも我々と同じ考え方をする人間が造ったという方が、この勇者管理局の目的も理解しやすい」

「目的……」

「ふむ、なんとか動かせそうだな」

「動かし方が分かるのか？」

「私も法術使いとして魔法について学んできた。まぁそれでも分かったのはほんの一部の機能だけだ。誰でも使えるよう図示してくれていて助かった」

エスタが魔力で装置を動かす。

変化はすぐに現れた。

「地図の点が移動した？」

エスタが装置を動かすと、人間を表す点が大きく移動した。

「この部屋に誰もいないことになっている……そうか！　これは過去の記録か！」

「ああ、1年前にスケールを合わせた」

「……すごいな、過去の状況まで分かるのか」

「レッドもゾルタンにいると思うが」

「これだな！　まだ店がなくてゾルタンの長屋《タウンハウス》で暮らしている時期だったよ」

俺はゾルタンを拡大し、その中から1つの点を指差した。

「過去の記録なのは間違いないな、では私の推測が正しいか見てみよう」

「推測……？」

地図上の人間が激しく点滅した。

人間は数を減らしていく。どうやらウッドエルフの時代に入ったようだ。

これは高速で走り抜けていく歴史の幻影だ。

そして、ある瞬間から爆発的に人間の数が増えた。

「何だこれは、暗黒大陸まで世界中が人間で溢《あふ》れている！」

「この遺跡が造られたのと同じ時代……人間の全盛期に入ったのだろう」

エスタは操作を続ける。

今度は時間を細かく動かしていく。

「出たぞ、『勇者』と『魔王』だ」

地図に2つの点が強調される。

「『魔王』は人間じゃないが、特別だから強調されているんだな」

「そうだろうな、この地図の目的を考えれば当然だ」

エスタはそこからゆっくりと時間を遡《さかのぼ》っていく。

「暗黒大陸まで人間に支配されている時代に生まれた『魔王』は、『勇者』と人間達によって包囲されすぐに討伐されている」

「……一瞬だな」

「もはや『魔王』とは対処できる災害となってしまった、それがこの時代だ」

「それは、良いことじゃないか？」

「そうだな、『魔王』の犠牲となる者はいない」

だがヴァンが納得できない様子で遮る。

「でもそれでは、『勇者』と『魔王』が存在する意味がない！」

ヴァンの言葉にエスタは頷《うなず》いた。

「それが人の出した答えだった。神に与えられた試練を『勇者』に委《ゆだ》ねるのではなく、絶対に勝てる仕組みを作り出した。もはや『勇者』の存在によって世界は何も変わらない。最も重要な加護として神は『勇者』と『魔王』を作ったが、その重要さ故に人は『勇者』から戦いを奪った」

エスタがこれまでとは逆の操作をした。

『勇者』の短い冒険が始まり、すぐに終わる。

『魔王』を倒した『勇者』は、それからずっとこの勇者管理局にこもったままだった。

これは……そうか。

「『勇者』が外にいると他人を救わないといけない衝動で軋轢《あつれき》を生む。勇者管理局がこんな奥にあるのは『勇者』を外部から切り離すためか」

「ああ、私もそのことに気がついた」

エスタが気がついたのはそこか、だからあんなに思いつめていたのか。

『勇者』と『魔王』という脅威に対して、高度な技術があったらどうするか。

その答えがこの勇者管理局。

すなわち、『勇者』に冒険も戦いも無いように、『勇者』の人生を管理する施設だ。

「そんな……それが『勇者』の人生だなんて、納得できないよ！」

ヴァンは叫ぶ。

『勇者』としての役割を果たすというヴァンの信仰にとっても、そんな『勇者』の在り方は認められるものではないのだろう。

「納得する必要はない、過去はそうだったという話だ」

エスタの言葉にヴァンはそれでもショックを受けているようだった。

神が作った加護というシステム。

古代の人間は、そのシステムを掌握してしまった。

「私は以前、神のご意思ならば『勇者』が世界のために犠牲になるのも仕方のないことだと考えたことがある」

エスタは記録の中で、生まれては死んでいく『魔王』と『勇者』を眺めながら言った。

「だがその思想の先にあるのがこれだ、ただ繰り返される現象のために消費されるだけの『勇者』。これは断じて人々に勇気を与える存在ではない」

「……エスタの言う通りなんだろうな。だが古代の人間はただ被害を少なくしようと最も効率的な方法を取っただけだ」

「そうだ……誤ったのは人ではない、デミス神だ」

聖職者であるエスタが……神の為《な》したことを否定した。

仲間達はみんな驚いている。

だが俺にはエスタの気持ちが理解できた。

「『勇者』と『魔王』の戦いに、デミス神が何かを求めていることは間違いない。だけどそれはこの無意味に続く『勇者』と『魔王』の戦いではないはずだ。このような形になってしまった時点で、デミス神は『勇者』を諦《あきら》めるべきだったのだ」

そう言って、俺はヴァンを見た。

ヴァンは心細そうに移り変わる地図を見ている。

ラベンダがそんなヴァンに寄り添い、冷たくなったヴァンの心を温めようとしていた。

「ヴァン」

「レッドさん……『勇者』の意味って何なの？　ここに来れば答えが見つかるって言ってたのに、僕は余計に迷ってしまった……」

「古代の人間は、『勇者』を定期的に生まれる『魔王』という災害に対する解決手段とした。合理的な考え方だな」

「でも僕はそんな『勇者』は嫌だ！」

ヴァンははっきりとそう言った。

「だが広い視野で見れば加護の役割を果たしているとも言えるぞ。絶対勝てる戦いで冒険も伝説も残らないが、悪と戦っている」

「でも違う！　僕自身の心が、それは勇者じゃないって感じるんだ！」

ヴァンの言葉に俺は頷き微笑みながら答える。

「ならばそれが答えでいいんじゃないか？」

「答えって……」

「どんな勇者になるか、それはヴァンが決めることだ。どんな勇者になって、どんな人生を送って、どんな最期を迎えるのか、ヴァンが望む生き方をすればいいと、俺は思う」

　俺がヴァンに『勇者』について知って欲しかったのは、ヴァンに正しい『勇者』になって欲しかったからじゃない、ヴァンの意思で人生を生きて欲しかったからだ。

『勇者』の衝動は強い。

　きっとこれから、ヴァンは『勇者』に縛られ、自由に生きることは難しくなっていくだろう。

　それでもヴァンには自分の人生を諦めずにいて欲しい。

　ヴァンが加護の求める人生を送るとしても、それはヴァンの意思が選んだ人生であって欲しいのだ。

「……分からない」

　ヴァンはうつむきつぶやく。だが顔を上げた時、その表情には決意が見えた。

「けど、勇者として旅をして、エスタさんやラベンダ、リュブさんと話をしたり、他にも色んな人に出会ったりしながら僕がなりたい勇者を見つけたい」

「それでいい」

　ヴァンの答えを聞いて、エスタも、他の仲間達も笑っている。

　ここからがきっと、勇者ヴァンの本当の旅立ちだ。

「ラベンダ、こういうヴァンは嫌いか？」

「ふざけたこと言うと殺すわよ、ヴァンはいつだってとっても素敵なんだから……でも今日のヴァンはとびきり格好良い！」
ラベンダはそう言ってヴァンの頬にキスをしようとして……そこで動きを止めた。
「……どうしたラベンダ？」
何かが変だ、強烈に嫌な予感がする。
ラベンダはゆっくりと天井を見上げていた。
いや見ているのは天井の向こう、そこに何かがいるような目をしている。
「ヴァンに触るなぁぁぁぁ!!!」
ラベンダは絶叫し、その小さな身体に無数のヒビが入る。
本質を解放するほどの全力で、ラベンダは空にいる何かへと立ち向かった。
「ラベンダ!?」
リットが叫ぶがラベンダは応《こた》える余裕がないようだ。
一体これは……！
仲間達も何が起こったのか分からず戸惑っている。
いや、ヴァンだけが表情を変えていない。
俺達と笑い合った表情のまま、固まっている。
何かがまずい……！
俺は剣を抜きながらラベンダのもとへと走った。

何かを拒んでいたラベンダの動きが止まる。

「あ」

「ヴァン……」

ラベンダは悲しそうな声を漏らす。

ヴァンの剣が、ラベンダの身体を斬りつけていた。

血を噴き出しながらラベンダが力なく床に落ち、横たわった。

ヴァンが止《とど》めの一撃を振り下ろそうとした一瞬、俺はラベンダの身体を掴《つか》みヴァンの間合いの外へと逃れようとした。

だが、ヴァンの反応が早すぎる！

この速度はルーティ以上だ、ありえない!!

「くっ!!!」

ヴァンの一撃に、俺は剣を合わせて防いだ。

完璧《かんぺき》な防御の形だったはずだ。

だが衝撃と共に俺の身体が宙に浮いた。

浮遊した時特有の不安感をおぼえながら、受け身を取ろうと身構えた。

背中を貫く衝撃。

天井に叩《たた》きつけられたのか……!?

俺は天井で跳ね返り、地面へと高速で落下していく。

軽業スキルを使う余地すら無かった。

「あがっ……!!」

激しい衝撃で身体が悲鳴を上げた。

ただの一撃で、俺は立ち上がれないほどのダメージを負った。

「ヴァ……ヴァン……」

俺は痛みで痙攣《けいれん》している肺からなんとか言葉を絞り出す。

ヴァンは、このゾルタンに来た時のような曇りのない信仰者の顔で笑っていた。

「あぁ、我が主きませり、『勇者』は悪を滅ぼし、人々を救います、そのために『勇者』は存在するのですから」

熱に浮かされたようにヴァンは語る。

次に動いたのはエスタだった。

「あの時のルーティのような『勇者』の暴走か!?」

ルーティがシサンダンによって聖剣を摑まされた時のことだ。

あの時は『勇者』の加護が、『勇者』を辞めようとしたルーティに対して強力な衝動で思考を麻痺《まひ》させ、俺達を排除しようとした。

今回もヴァンの『勇者』が暴走したのか?

「ち……がう……」

言葉が上手《うま》く出ない、警告しなくてはならないのに。

「ヴァン！　後で治してやる、足を一本もらうぞ！」

「援護するわ！」

エスタがヴァンを止めるために飛び出し、ヤランドララが援護するために印を組む。

止めなくては……2人でも、いや、この世界に生きる誰1人として今のヴァンには勝てない。

「レッド、大丈夫⁉」

同時にリットは俺とラベンダの傷を癒《いや》すために俺の側へと走った。

一瞬だった。

エスタとヤランドララの身体が崩れ落ちる。

人類最高峰の実力者2人が、合わせることすらできず一太刀で斬り捨てられた。

「嘘……」

リットは信じられない様子で目の前の惨状を見た。

まずい……！

リットの動きが一瞬止まる。

「あッ⁉」

ヴァンが一瞬で間合いを詰め、リットに剣を向けた。

俺は暴れる感情で両手両足に力を込め立ち上がろうとした……間に合うはずもない。

だが大きな影が、ヴァンの死角へ跳躍していた。

ダナンだ！

真っ先に飛び出しそうなダナンが今まで動かなかったのは、今のヴァンが恐るべき力を持っていると直感的に理解していたからだろう。

エスタとヤランドララが倒れても動かず、絶好のタイミングを待っていたんだ。

「武技：昇龍砲《しょうりゅうほう》!!」

ダナン渾身《こんしん》の一撃が……発動しなかった。

「す、すまねぇ、レッド……」

振り向きざま、ダナンより遥《はる》かに早くヴァンの剣はダナンの身体を貫いていた。

強すぎる、あの最強の『武闘家』ダナンが手も足も出ないなんてことがあるのか。

これは『勇者』の暴走ではない。

あの時の暴走したルーティは、普段のルーティよりも弱かった。

衝動のみで動く思考では、ルーティ本来の剣を発揮できていなかったからだ。

だが今のヴァンは違った。

ヴァンの剣術のまま、身体能力、反応速度、加護のスキル、その他あらゆる部分が絶望的なほどに強化されている。

加護を示す地図が赤くなっていた。

ヴァンを示す点が強調して表示されている。

あれは単純な数字だ、それなら読める。


『勇者』加護レベル１００。


これは奇跡だ。

こんな事ができる存在は1つしかない。

すでにヴァンの加護が『枢機卿《カーディナル》』から『勇者』に変わるという奇跡が起こっていた。

だから、もう1つくらい……ヴァンの加護を通して直接力を注ぎこむくらいの奇跡は起こしていいと思ったのだろうか。

たくさんの人の人生を狂わせてきた存在がそこにいる。

「そこにいるのかデミス神……！」

デミス神がヴァンを通してそこにいる。

「我が主きませり、僕は真の勇者として目覚めた……僕は救世主《セイヴァー》だ」

ヴァンの声でデミス神が語った。

茶番だ、何が真の勇者だ、何が救世主だ、デミス神が自分の創造物に入り込んで自分の口で喋《しゃべ》っているだけじゃないか。

頭が熱くなる、怒りで震える。

ヴァンは成長してきた。

変化した加護に戸惑い、何度も間違え、迷いながら、それでもようやく自分の勇者という道を見つけたところだった。

俺に負けて悔しがり、剣の楽しさに気が付いて喜び、仲間との冒険に笑っていた。

ようやく、ヴァンは旅立つところだった。

それを奇跡で容易《たやす》く塗りつぶした。

これまでのヴァンが得てきたものを、デミス神は無価値だと踏みにじったのだ。

「ふざけるなよ……」

これは怒りだ。

目の前の理不尽に俺は痛みを忘れて立ち上がり、デミス神に向けて剣を構えた。

「デミス神、あんたはこの世界の創造主だ。ヴァンの肉体、ヴァンの加護、ヴァンの魂、それらはあんたが作ったもので、だから自分の好きにして良いと思っているのかもしれない」

俺はデミス神を睨《にら》んで叫ぶ。

「だがヴァンの意思はヴァン自身によって作られたものだ！　それだけは誰のものでもない、ヴァンだけのものだろう！　違うか⁉　答えろデミス神‼」

デミス神は微笑みを絶やすこと無く口をゆっくりと開いた。

「いいえ」

デミス神はヴァンの声で優しく、子供を諭すような口調で言葉を続ける。

「神があなた達に与えた肉体、あなた達に与えた加護、あなた達に与えた意思、それらすべてはあなた達のものだ。神はただあなた達を愛しているだけなんだ」

「愛だと？」

デミス神のだらりと下げた手に握られた聖剣からは、血がポタポタと床に落ちている。

斬られた仲間の血だ。

「ヴァンの仲間を斬っておきながら愛しているだと？」

「悲しまないで、肉体や意思が滅んでも、魂は不滅だから。神の愛はすべてあなた達のために注がれる。この世界は無限に存在するどの世界よりも神の愛と幸福に満ちあふれているんだ」

ルーティに『勇者』を押し付けたデミス神が、どのような存在なのか……俺はずっと想像し続けてきた。

俺はデミス神が好きではなかった、恨みすらしていた。だが神には神の考えがあり、人々がデミス神に救いを求めていることも、信仰という価値観で社会道徳が成立していることも理解していた。

だから恨みはしても、憎んだことは無かった。

今までは！

「あんたが降臨するのは、これが最初じゃないな」

俺はデミス神に問いかけた。

「あんたはこれまでも、あんたの望まない形に世界が進んでいくと、こうして偽の『勇者』を作って介入してきたな……古代の人間を滅ぼしたのはあんただったのか」

ルーティとヴァンの感情に差があった理由。

ヴァンの『勇者』は、ヴァンの手にある聖剣と同じようなものなのだ。

ルーティの持つ初代勇者アスラデーモンの魂をもとにした本物の『勇者』をモデルとして、神が作った量産品がヴァンの『勇者』だ。

「はい、かつて人は神の愛を忘れてしまった。あの悲しい人々を救うためには彼らが手にした文明をすべて捨てさせることが彼らの為にできる唯一のことだった。神はいつだって人を愛している、そして今も」

デミス神は、自分が殺してきた命に何の後悔、憐憫《れんびん》もなかった。

そこにあるのは慈愛だけ、デミス神は救うために殺したのだ。

魂は転生する。

だからデミス神にとって、人の死とは次の肉体に魂を送り出す現象に過ぎない……そこに悲劇はない。

「俺は認めない」

俺は剣を握る手に力を込めてデミス神に言葉を吐く。

「この世界は戦いに満ちている、日々数え切れない命が失われる」

俺の言葉にデミス神は優しく答えた。

「死は終わりではない、すべての命は神の愛に包まれ次へ進むだけ。あなた達が言う人生は、泡沫《うたかた》の夢のようなものだ」

「次じゃない、今この瞬間の人生が大切なんだ！」

俺はリットと、このゾルタンで生きる今の人生が幸せだ。

『勇者』から解放されて、ティセと一緒に楽しそうに笑うルーティを見るのが幸せだ。

加護の通りに生きることが効率的なこの世界で、自分の意思で人生を生きること。

それが俺の選んだ人生《スローライフ》だ。

だからヴァンの意思と人生を踏みにじったデミス神を認めることはできるわけがない!!

「待ってレッド!!」

戦おうとした俺の前にリットが割り込んだ。

リットの回復魔法が、俺と倒れているラベンダの身体に活力を吹き込む。

「止めるなリット！　あいつだけは許せない！」

「分かってる！　でも勝算はあるの⁉」

「だがあいつは‼」

「怒りで我を忘れるなんてレッドらしくないよ！　ダナンやエスタなら怒りで強くなれるかも知れないけれど、あなたの戦い方はそうじゃない！」

リットの叫びで、俺は少しだけ冷静さを取り戻す。

勝算？

相手は神、加護レベルを１００まで上げられた『勇者』だ。

これまでの敵とは格が違う。

おそらく勇者ルーティや魔王タラスクンよりも強力な存在だ。

「相手は強大だ、剣に命運を託す他ない」

「考えるのを止めないで！」

「だがこうして話ができているのはデミス神の慈悲だ、これから殺される俺達に対して最後の会話の時間を与えているだけだ」

デミス神はこちらの動きを警戒しているわけではない。

ダナンやエスタすら一瞬で倒したデミス神なら、俺達なんていつでも殺せる。

殺される覚悟ができるのをただ待っているだけだ。

「お願いレッド、諦《あきら》めないで！　私が時間を稼ぐから、どうか諦めないで！」

「時間を稼ぐって……」

「俺もやります」

「アルベール……」

「リットさんと一緒に1秒でも多く時間を稼ぎます、だからどうか……」

アルベールは倒れたエスタに一瞬視線を向け、歯を食いしばった。

「どうかデミス神に勝ってください！」

無茶《むちゃ》を言ってくれる。

だけど頭が完全に冷えた、冷静だ。

そうだ、俺は仲間を救わなければならない。

倒れた仲間は全員致命傷だ、このままでは死ぬ。

あの傷を治せるのはエスタくらい……だがそのエスタが倒れている。

あとは、ヴァンの〝癒《いや》しの手〟だ。

そうだ、大切なことを忘れるな。

俺は勇者ヴァンをデミス神から救わなければならない、今回だけは敗北は許されない。

「……ある。万に1つの可能性だが、勝てる可能性がある」

「レッド!!」

「だが」

時間が必要だ、どれだけ急いで走っても6分。

デミス神相手に6分の時間を稼ぐ……リットとアルベールでは不可能だ。

「レッド、私を信じて」

「6分だ！　ここは任せる!!」

「了解!!」

走るしかない！　リットを信じるしかない！

俺が走り出したと同時に、デミス神も動いた。

俺が戻ってくるまで待ってくれたりはしないか！

「災いの精霊嵐《ケートウエレメンタルストーム》!!」

強烈な魔力の奔流が起こった。

無数の稲妻、炎、風、あらゆる破壊のエネルギーがデミス神の身体を押さえつけた。

身体から血が噴き出るのも構わず、ラベンダが自身の命をデミス神にぶつけている。

「ラベンダ！」

「振り返るな！」

ラベンダが叫んだ。

そうだ、俺は出口に向かって走る。

すれ違いざま、細く巨大な影が部屋へと入ってきた。

今度は何だ？

クロックワークドラゴン⁉

その背中にはクロックワークナイト達が乗っている！

振り返ることはしないが、気配からクロックワークドラゴンがもとの歯車竜の姿へ変形しながらデミス神へと立ち向かっているのが分かる。

デミス神は古代の人間文明を滅ぼした存在。

おそらく最後に人間はデミス神を敵として認識していたはずだ。

その命令が、クロックワーク達に残っていたのだろう。

幸運とは言わない、これはデミス神が招いたことだ。

あの神が殺してきた者達の遺志だ。

滅び去った人間達の最後の刃《やいば》が、デミス神を押し留《とど》めていた。

俺は必死になって走った。

〝雷光の如き脚〟と〝疲労完全耐性〟を使い、走る。

デミス神から与えられた加護とスキルだが、今は俺のものだ。

文句は言わせない。

「クロックワーク達が！」

通路ではクロックワーク達がデミス神のいる部屋へと次々に向かっている。

まだこれだけの戦力が残っていたのか。

最後の寿命を燃やしながら、クロックワークは自分達の創造主を滅ぼした神へ挑んでいく。

遺跡の照明が消えた、遺跡が死のうとしている。

戻る道はすでに探索済みだ。

憶《おぼ》えた通りに走り抜けるだけ！

ゴンドラがあった場所までたどり着く。

悠長に乗っている余裕はない。俺は頭上のレールに飛び乗ると、軽業スキルを使いながら走り続けた。

拠点のある区画へとたどり着き、さらに走る。

拠点で楽しそうに剣術に取り組むヴァンの姿が脳裏をよぎった。

落ち着け、やるべきことに集中しろ。

目指すのは下層の最奥。

アスラデーモンのシサンダンが開けた扉の先だ。

「あった！」

これはルーティとシサンダンの戦いで残った最後の一振り。

かつてルーティの『勇者』を暴走させた原因の剣だ。

俺は神・降魔の聖剣《セイクリッドアベンジャー》を手にした。

鉛のように重い、これは『勇者』にしか使えない剣。

今はアイテムボックスに入れて運ぼう、そうすれば重さは感じない。

目的のものを手に入れた俺は、踵《きびす》を返してリットのもとへ走った。

＊　　＊　　＊

俺が部屋に飛び込んだ時、まだ戦いは続いていた。

ラベンダ、アルベールは倒れている。

クロックワーク達も粉々に破壊されていた。

遺跡は水槽のモンスターまで投入したようで、無数のモンスターの死体の中、最後に残ったジェムビーストの幼体が倒れようとしていた。

リットは!?

「レッド、戻ってきたんだね」

「リット！」

リットは生きていた。

服は血で染まっていたが、その後ろにはダナン、ヤランドララ、エスタの3人がいた。

戦いながら、倒れた仲間を安全な場所まで運んだのだろう。

「信じていたよレッド」

「大丈夫かリット!? 傷が……!」

リットは手で俺を制した。

「私のことは後回し、でしょ?」

「……ああ」

俺はアイテムボックスから神・降魔の聖剣《セイクリッドアベンジャー》を取り出す。

「それは神が授けた聖剣じゃないか」

デミス神は意外そうに言った。

「その聖剣は『勇者』でなければ扱えない、残念だけどね」

「正確ではないな」

続けて俺はワイルドエルフの秘薬を取り出す。

「それは神の愛を拒絶する毒だね」

神の愛を拒絶する毒か……なるほど、この状況にこれほど相応《ふさわ》しい薬はない!

俺は薬を一息にあおる。

酷《ひど》い味だ。

「聖剣は『勇者』にしか扱えない？　それはおかしい、なぜなら初代勇者は『勇者』の加護なんて持っていないアスラデーモンだったからだ」

「……小賢《こざか》しい」

この聖剣は『勇者』にしか扱えない聖剣。

この聖剣は『勇者』でないアスラデーモンに授けられた聖剣。

この矛盾を解決する答えは１つ。

『勇者』だから聖剣の力を引き出せるのではない。

『勇者』以外の加護に、この聖剣を扱えない制限が組み込まれているんだ。

あの時、アスラデーモンのシサンダンがこの聖剣を扱えたのは、初代勇者と同じ種族だったからではない。

シサンダンが加護を持たなかったからだ。

俺はワイルドエルフの秘薬を次々に飲み干す。

スキルが弱体化し、加護が弱まっていくのを感じる。

「悲しいね、君にはもう神の愛が届かない、それでも神は君を愛そう」

デミス神がこちらへ向かってくる。

お願いだ、応《こた》えてくれ。

聖剣よ、初代勇者よ。

俺は勇者ではない。

だが今だけ力を貸してくれ。

倒れた仲間を救うため、そして。

「目の前のいつか勇者になる少年を救うための力を俺に貸してくれ!!」

俺は聖剣を両手で握りしめながら叫んだ。

『良いだろう』

声が聞こえた。

『勇者なんてもんはそんな大げさなもんじゃない、自分以外の誰かを心の底から救おうと思ったのなら、それで資格は十分だ』

あなたは。

『聖剣に残ったちんけな魂の欠片《かけら》だよ、まぁなにせお前達には酷い迷惑をかけたからなァ……だから我のありったけをくれてやる、構えろ!』

デミス神が剣を振り上げている。

その動きが見えた。

ダナンですら反応できない神速の動きなのに、はっきりと見えた。

俺は剣を合わせるように動かす。

防御と同時の斬り返しで勝利。

剣術の理想形が見えた。

でもそれじゃあヴァンを殺してしまう……！

『勇者の力を信じろ』

刹那《せつな》の剣戟《けんげき》。

聖剣がぶつかり刃が鳴る。

圧倒的だったデミス神の身体能力と反応速度と同等以上へ、聖剣から流れ込んでくる力が俺の能力を引き上げている。

ならば剣術で俺が負けることはない。

デミス神の剣が左へと流れ、俺の剣が崩れた防御へ振り下ろされる。

「なぜ神の愛を拒むんだい？」

デミス神が言った。

「それが独りよがりの愛だからだ」

俺はそう答える。

神・降魔の聖剣《セイクリッドアベンジャー》はヴァンの身体を貫いていた。

手応えがあった。

だが血は流れていない……斬ったのはデミス神の本質。

皮肉なものだ。

この聖剣は世界で唯一、神の力で作られたため神と同じ格を持つ。

だから、ヴァンに触れていた神の手に刃が届いたのだ。

「残念だ」

ヴァンの身体が糸が切れた人形のように崩れる。

強大な力がヴァンの身体から離れていくのが感じられた。

「ヴァン！」

俺の声に応えるように、ヴァンはヨロヨロと立ち上がった。

「だ、大丈夫……記憶が曖昧《あいまい》だけど、何が起こったのかは分かってるよ」

「元に戻ったんだな！　頼む、すぐに皆を治療してくれ！」

ヴァンはまだふらついている様子だったが、俺の目を見て頷《うなず》くと、まずラベンダのもとへ行き、それから全員に〝癒《いや》しの手〟を使った。

何とか生き残れたか。

＊　　＊　　＊

戦いが終わり、俺はリットの側へ歩み寄る。

「リット……大丈夫か？」

「レッドなら絶対勝てるって信じてた」

「今回ばかりは……諦《あきら》めそうになったよ、リットがいなければ折れていた」

「えへへ、私のレッドはすごいんだから」

リットの傷はすっかり治っている。

さすがヴァンの〝癒しの手〟。

マスタリーまでスキルを上げているのは伊達《だて》じゃない。

『よくやった』

また声がした。

目の前のデミス神をどうにかすることで頭がいっぱいだったから受け入れていたが……

俺は初代勇者と話していたのか。

どうしよう、相手は伝説の英雄だ、いまさら緊張してきた。

『そう身構えるな、我はとうの昔に死んだアスラの欠片だ。お前こそデミスを相手によく戦ったな』

あなたが信じろと言ってくれたからだ。

相手は至高の神なのに、不思議と勇気が湧いた。

これが本物の勇者の言葉なのかと思ったよ。

『今の我にそんな力はない、勇気はお前の中にあったものだ』

そう言ってもらえるのなら光栄だ。

『かつてはこの剣がお前の妹を苦しめたからなァ、あの時の借りを返せて良かった』

あれは『勇者』の加護の方に、聖剣を持つと強化されるという機能があったんだな。

『その通りだ、本当なら勇者であることに加護だのスキルだのは関係ないんだ。『勇者』の加護はただ我があああいう風に生きたってだけの話なんだよ』

デミス神は一体なんで『勇者』を作った……なぜ『勇者』が自分の意思で生きるというだけで、あんな奇跡まで起こして介入しようとしたんだ？

『我も完全に理解しているわけではないが、どうやら我の生き方が、デミス神が加護を作った目的を果たしてしまったからのようだ』

……そうか、だから加護としてあなたの魂を使ったのか。

デミス神は人にあなたと同じ生き方をさせ、あなたと同じ魂を再現したかったのか。

『デミス神はなった果実をそれで善しとしない神だった。我と同じ生き方を強制すれば、我と同じ〝勇者の魂〟ができると考えた。せっかくの果実を収穫せずに地面に埋め、新しい果実がなることを期待していたんだ』

初代勇者の声が小さくなっていく。

『どうやら麻痺《まひ》していたお前の加護が回復してきたようだな。久しぶりに人と喋《しゃべ》った』

待ってくれ！　もう1つだけ教えてくれ！

『シン』とは何だ⁉　俺の妹に生まれた加護は一体……！

『真の魔王である人の力、我が挑んだこの世界最強の力の一端だ』

真の魔王？

『用心せよ、だが恐れるな、魔王は誰もが持つ力だ。愛もまたそこから生まれる、どう使うかはお前達次第だ……』

初代勇者の最後の言葉はなんとか聞こえる程小さなものだったが、俺の心にはしっかり届いた。

『勇者よ、幸せに生きろ』

初代勇者は俺達にそう言い残して消えた。

＊　　＊　　＊

「レッド、大丈夫？」

リットが心配そうに俺の顔を覗《のぞ》き込んでいる。

どうやら初代勇者と話している間、俺は座り込んでいたようだ。

「俺はどれくらいこうしていた？」

「え？　ほんの数秒だったと思うけど、疲れているのかなと思って声をかけただけだよ」

「そうか」

1分くらいは話したような気がしたのだが、あれは一瞬のことだったのか。

手にしている聖剣が酷《ひど》く重い。

「加護が回復してきたって言ってたけど……スキルは弱ったままか」

ワイルドエルフの秘薬の効果はまだ続いている。

本来1服しか飲んではいけない薬を6服も飲んでしまっていた。

……大丈夫かこれ？

「れ、レッド、何だか顔色悪いよ」

「この秘薬をたくさん飲んだらどうなるか、実は俺も知らないんだ……」

「え、ええ⁉」

「他に方法が無かったからつい……」

「それって加護からは毒扱いされるんだよね⁉　すぐに解毒の魔法をかけるから」

リットはすぐさま印を組んで解毒の精霊を俺の周りに漂わせる。

……うーん、ちょっと楽になったような、ならないような。

「あんまり変わらない……！」

「秘薬の毒は消えたと思うけど、解毒の魔法じゃ加護の異常は治療できないようだ。でも少なくともこれで秘薬に使われた材料が原因で予期せぬ副作用が起こることは無いと思う。ありがとうリット」

「うー」

リットは心配そうだ。

「僕にも手伝わせて」

「ヴァン」

全員の治療を終えたヴァンが俺の側に近寄り〝癒しの手〟を使う。

やはり加護の異常は治らないが……無理をした肉体が楽になるのを感じた。

そうか、加護が弱ってスキルが麻痺しているせいで、筋肉や骨にずいぶんダメージが現れていたのか。

戦いの興奮がおさまったら地獄を見るところだった。

「ありがとうヴァン、加護の方はまだ駄目みたいだが身体の方は良くなった」

「……ごめんなさい」

「ヴァンが謝る必要はない、神の奇跡が起こっただけだ」

当然だ、あれがヴァンのせいであるはずがない。

「俺の大切な人達を助けてくれてありがとう、ヴァンの〝癒しの手〟が無ければ皆死んでいた」

俺は心からの感謝を伝える。

ヴァンはどう答えれば良いか分からない様子だったが、小さく頷《うなず》いた。

それでいい。

「……信仰者であるヴァンにとって奇跡がその身に起こったわけだが、これからどうする？」

「これから……変わらないよ、僕はまだどんな勇者になりたいのか分かっていないんだから」

「そうか」

「でも、この冒険は僕の人生を変えた……僕に『勇者』が与えられた奇跡と同じくらい劇的に……ありがとうレッドさん」

ヴァンは今も迷っている。

だけどそこに苦しさはなさそうだ。

ヴァンのその迷いは、きっと可能性なのだ。

俺とヴァンが一緒に旅をするのはここまでだ……ヴァンがどのような勇者になるのか俺には分からない。

だけど、ヴァンは自分の意思で後悔の無い人生を選ぶだろう。

それが俺は嬉《うれ》しかった。

第四章 冒険の終わりと1人の休日

声がした。

「おはよう」

俺は目を開ける。

まぶたが酷く重い、全身が身体を起こすことを拒否しているようだ。

「お兄ちゃん」

目の前にルーティの赤い瞳《ひとみ》があった。

「おはようルーティ」

「おはよう……うん、やっぱり」

ルーティは俺の表情を見てコクリと頷いた。

「今日はティセが朝ごはんを作るから、お兄ちゃんはゆっくりしてていい」

「ん、いや、いつものように俺が朝食を……」

「お兄ちゃんはすごく疲れている、今日はゆっくりお休みしないといけない」

ルーティは有無を言わせない様子でそう言った。

「分かった……手伝うのもだめか？」

「だめ」

断られてしまった。

仕方なく、俺はベッドの中で天井を見上げた。

特になにもない。

「ふぅ……」

すぐに眠気が襲ってきた。

普段の俺では考えられない。

どんなに過酷な状況でも、敵が足音1つでも立てれば即座に覚醒《かくせい》できるよう訓練してきた俺だ。

それが……疲労から起きられず二度寝しようとしているなんて。

「これが持久力スキルがまったくない状態か」

俺は『導き手』。

生まれつき加護レベルが31で、物心つくとすぐにスキルを得た。

だからスキルがほとんどない状態を経験したことがないのだ。

「まぁルーティもああ言ってくれたし、二度寝してしまうか」

俺は眠気に屈して目を閉じる。

まどろむ頭で、昨日までの冒険のことを思い出していた。

デミス神との戦いが終わった後、俺達は遺跡の中に作った拠点へと戻り、俺が知った情報の共有や、遺跡の中で手に入れた戦利品の整理などを行った。

初代勇者と対話できたことについては驚かれたな。

だけど、だからといって何かが変わったわけではない。

初代勇者は俺達の生き方を肯定してくれた。

だから俺達が大きく変わることはない。

神・降魔の聖剣《セイクリッドアベンジャー》は、翌日遺跡から出る前に、もとの部屋に戻しておいた。

『勇者』の聖剣なのに変な話だが、『勇者』があの聖剣を使うのは危険なのだ。

ヴァンは遺跡で手に入れた古代の人間が作った聖剣を使うことになった。

あの聖剣でもリュブ枢機卿《すうききょう》が大喜びするくらい強力なものなのだ。

ルーティの使っていた降魔《ごうま》の聖剣が折れた今、あれ以上の剣は世界に存在しない。

ヴァンはあの聖剣で魔王軍と戦い抜くことになるだろう。

遺跡で起こったことはリュブ枢機卿には伝えないこととなった。

あの遺跡の知識は世界をひっくり返すのに十分な威力のあるものだ。

古代エルフが勇者のために残した装備を見つけるための冒険だったと、リュブ枢機卿には説明することにした。

そちらはエスタとヴァンが上手《うま》くやってくれるだろう。

つまるところ、この件はうまいことまとまりめでたしめでたしというわけだ。

色々あったが、良い冒険だった。


遠くで薪《まき》が燃える音が聞こえる。

美味《おい》しそうな香りもしてきた、朝食はちくわシチューかな。

「レッド――――！」

「ぎゃっ!?」

気持ちよく二度寝していた俺の鼻っ面を、小さな何かが勢い良く蹴《け》っ飛ばした。

突然の衝撃に、俺は鼻を押さえながらベッドから転げ落ちた。

「あら、そんなにダメージ受けるなんて思わなかった」

「ラベンダ……今の俺はスキルが機能していなくて弱体化してるんだぞ」

「ふーん、面白かったからもう一回蹴って良い？」

「絶対に断る！」

飛び込んで俺を蹴っ飛ばしたのはラベンダだ。

まったく、いきなりやってきて何だってんだ。

「まっ、短い用事だからすぐに出ていくわ」

「短い用事？」

どうやらラベンダは俺に何か用があるらしい。

意味もなく蹴られたのかと思った。

「……あんたのおかげでヴァンはデミス神から救われたわ、ありがとう」

「へぇ、ラベンダからお礼を言われるとは」

明日は雨だな。

「ほらこれあげるわよ、ヴァンを助けてくれたお礼」

ラベンダは指先くらいの大きさの石を投げつけてきた。

「おっと」

俺は慌ててキャッチする。

反射神経も鈍っていて危うく受け取り損ねるところだった。

俺は手を開いて中の石を見た……宝石だった。

「これは……ブルーサファイアじゃないか!!」

「しぃー!!　声がでかい!!」

ラベンダは俺の口に張り付いて塞《ふさ》ぐ。

俺はコクコクと頷いた。

「よろしい、リットに聞かれたらせっかくのプロポーズが台無しだもんね」

「これ一体どうしたんだ？」

「前に言ったでしょ、私が一声かければ黄金でも宝石でも何でも用意できるって」

大妖精《アークフェイ》の特権を容赦なく使うなぁ。

人間でもこういうタイプが王様だと配下は苦労するもんだ……元騎士としてちょっとお腹が痛くなった。

まぁ今は素直にこの贈り物を喜ぼう。

ブルーサファイアはリットの空色の瞳によく似た宝石だ。

以前俺は、リットにブルーサファイアの指輪を贈りたくて、〝世界の果ての壁〟まで冒険し、ジェムビーストと戦ったのだ。

あの時は結局ジェムビーストに宝石をすべて食べられてしまい、ブルーサファイアは手に入らなかったのだが。

「ブルーサファイアが手に入ってしまったか」

ついにこの時が来たのだ。

　　　　＊　　　＊　　　＊

　すっかり目が覚めてしまった俺は、宝石を服の裏地にある貴重品用のポケットに入れる。

　冒険者向けの服には絶対にスラれないように作られている貴重品用ポケットがある。

　とっさに中のものを取り出すことはできないが、依頼人から貴重品を預かっている時など、肌身はなさず持ちたい時に使うものだ。

「おはようレッド！」

　リットの元気な声が俺を迎えてくれた。

「おはようリット」

「ん？　やっぱり疲れているのかな、いつものレッドとちょっと違う」

「はは、『導き手』の加護が弱っているからそう見えるんだろう、リットの言う通り疲れもあるな」

　最大の理由はポケットの中にあるのだが……。

　バレないようにしないと。

　いやまぁバレても問題無いのだが。

〝世界の果ての壁〟に行った時は事前に説明したし……でも、ちょっと驚かせたいとも思ってしまう。

「あ、おはようございますレッドさん」

「おはようティセ、うげうげさん」

俺が挨拶《あいさつ》すると、ティセの頭に乗ったうげうげさんが右前脚を上げて挨拶を返してくれた。

「今、朝ごはんを並べますので」

「私もいる」

ティセの後ろにはルーティが食器を持ってアピールしていた。

可愛い。

「今日はオパララさんの作ったちくわを使ったおでん風シチューとちくわパンです」

「ちくわパン」

「美味しいですよ」

ティセは自信満々に言った。

ティセとうげうげさんは料理スキルを習得している。

知識面でもオパララから話を聞いたりしているそうだし、２人が作った料理ならきっと美味しいだろう。

見た目的には、パンからデローンと飛び出したちくわが面白くてクスクスと笑ってしまう。

なるほど、微表情なのに実はユーモラスな性格をしているティセらしい楽しい料理だな。

＊　　＊　　＊

「「ごちそうさまでした」」

食事を終え、皆が食器を片付ける。

手伝いたかったのだが、今回も俺は休んでいるように言われてしまった。

なので、今は椅子に座って何もせずのんびりとお茶を飲んでいる。

美味しい朝食だった。

「落ち着く……」

それにしてもデミス神が出てくるとは思わなかったなぁ。

思い返せばよく生き残れたものだとため息が出る。

勇者ヴァンとの戦いに続き今回も心臓に悪い戦いだった。

だがそれも終わった！

魔王軍との戦いも、ヴェロニア王国が人間側へ復帰した今、さらに魔王の船ウェンディダートと共に勇者ヴァンが参戦すれば、魔王軍をこの大陸から撃退することも現実的になった。

きっと勇者ヴァンの名前は人類史に刻まれる英雄の名となるだろう。

『導き手』の仕事も終わりだ。

「さーて、俺がいない間に減った薬の在庫も補充しておかないとな」

「それも明日！」

食器を片付け終わって戻ってきたリットが怒って言った。

「ゾルタンには他にも薬屋があるんだから、レッドが今無理をすることはないでしょ！」

「確かに、別に病気が流行《はや》っているとか、モンスターが迫っているとかじゃないしな」

そもそもスキルが使えなければ薬の調合にも支障がでる。

うーむ、器用貧乏だけど豊富なスキルで仕事をしてきた俺にとって、スキルが弱体化している今の状態では仕事にならないな。

「確かに休んだほうが良さそうだ」

「そうそう」

俺は観念することにした。

リットは満足そうに笑っている。

「それが良い、とてもとても頑張ったお兄ちゃんには、ちゃんと1日ゆっくり休んで欲しい」

ルーティもそう言ってくれた。

「ルーティ、ティセ、朝食美味《おい》しかったよ」

「お粗末様でした、ちくわは偉大ですね」

ティセは微表情の顔でとても誇らしげにしていた。

そういえばティセはどういうきっかけでおでんとちくわが好きになったんだろう。

おでんは東方から伝わった料理だが、大陸中で食べられるほどメジャーな料理ではない。

もしかしたらティセがおでん好きになったきっかけにも壮大な冒険があったのかも知れないな。

「お店の方は私が見ている、この数日で私はこのお店の看板娘と言えるくらい成長した」

「おお」

「任せて欲しい」

ルーティが燃えている。

俺が冒険に行っている間に一体何があったのか。

ルーティが成長する瞬間に立ち会えなかったのが悔しい。

「ちょっとルーティ！　レッド&リット薬草店なんだから看板娘は私でしょ！」

リットが抗議している。

ルーティは首をフルフルと振った。

「リットは看板娘というより女主人だって」

「……それ誰が言ってたの？」

「ゴンズ」

「ゴンズかー」

リットが笑ったまま怒っている。

さよならゴンズ、良いやつだった。

「しかしリットもルーティも働いてくれるのに俺だけ休みか」

そういえばリットと暮らすようになって、俺だけ休日を取るというのは初めてかもしれない。

さて、何をしたもんかな。

ぼーっと考えていると、ピョンとうげうげさんが俺の肩へ飛び乗った。

「ん、どうしたうげうげさん？」

うげうげさんは両前脚を振り上げ、勇ましい表情をしている。

「うげうげさんは、外に出るなら護衛するって言ってます」

ティセが言った。

俺が弱体化しているのを心配してくれているのか。

そうだな、たまにはうげうげさんと休みを過ごすのも悪くない。

「うげうげさん、よろしく頼むよ」

うげうげさんは任せろと体を揺らしていた。

＊　＊　＊

レッド&リット薬草店は開店し、俺はうげうげさんと一緒に店を出た。

しばらく遺跡の中にいたからか、ゾルタンの季節が一気に夏へと変わった気がする。

歩いていると、すでに早起きな蝉の声が聞こえてきた。

「暑いなぁ」

俺がそう呟《つぶや》くと、服の隙間からうげうげさんが顔を出しコクコクと同意した。

最初は俺の頭の上に乗っていたのだが、夏の日差しの中、黒髪の上にいるのは暑かったらしい。

俺もうげうげさんの立場なら、服の中に引っ込むだろうな。

「レッド兄ちゃん！」

俺を呼び止める子供の声がした。

「タンタ」

ゴンズの甥《おい》であるハーフエルフのタンタだ。

タンタはニィと白い歯を見せて笑った。

「なんだか久しぶりだね」

「しばらく外に出てたからな」

「何度かレッド兄ちゃんの店に行ったのに、いっつもいないんだから」

「悪い悪い、ここ最近色々とやることがあったんだ。でもそれも終わった」

「本当？」

「ああ、舟遊びの約束は守るから安心してくれ」

「舟遊びだけじゃなくて、他にも一緒にやりたいことたくさんあるんだもん！」

タンタは怒っている。

ヴァンの一件でセントデュラント村へ旅行に行ったり、妖精《ようせい》の集落に行ったり、遺跡を探索したりとゾルタンを離れることが多かったからなぁ。

それに今回は、ただの薬屋レッドが勇者ヴァンと一緒に古代の遺跡で冒険してくるなんて、うまく説明できなかったから何も言わずに出ていった。それも怒っている原因だろう。

「そうだなぁ、じゃあ今から一緒に遊ぶか」

「え？　いいの？　何か用事とかあったんじゃ」

「モグリムのところへ行く予定だったんだが、午後からでもいいだろう。実は俺、今日は店をリットに任せて休んだんだ」

「へー！　レッド兄ちゃんって休日はリットさんと一緒にいないと駄目なのかと思ってた」

タンタは心底意外だという表情をしている。

そんな顔されるほどいつも一緒にいたかな。

「うん」

「そうかー」

子供に真顔でうなずかれてしまえば、もう言い返す言葉もない。

「で、何して遊ぶの？」

「タンタは何がしたい？」

「じゃあレッド兄ちゃんのお店をどう改築するか考えようよ」

「ほぉ、改築か」

「リットさんとの子供が生まれたら色々やり替えた方がいいでしょ」

「子供⁉」

俺は思わず吹き出した。

「何照れているのさ」

「いや子供って」

「レッド兄ちゃんもいい大人なんだから、照れてないで子供ができた後のこと考えないと。家は建てて終わりじゃないの、家族の成長と一緒に家も成長していくものなの！」

「……はい」

説教されてしまった。

タンタの顔は職人の顔だった。

照れてあたふたしてしまった俺は恥ずかしい。

「今回は内装がメインだからね！　レッド兄ちゃんもちゃんと子供ができた後のことを想像して考えるんだよ！」

「わ、分かった」

タンタは鞄《かばん》から紙とクレヨンを取り出すと、部屋の様子を描き始めた。

これは真面目に考えないと。

俺とリットがいて、リットの腕には小さな赤ちゃんが抱かれている。

俺が手を近づけると、赤ちゃんは俺の指をぎゅっと摑《つか》む。

幸せな未来だ。

俺はタンタと家族が増えた後の家について話し合ったのだった。

＊　　＊　　＊

昼になり、俺はタンタから貰《もら》った子供部屋の絵を眺めながらゾルタン下町の通りを歩いていた。

「うげうげさんも良いと思うだろ？」

顔を出したうげうげさんは絵を見て、パチパチと前脚で拍手をした。

気に入ってくれたようだ。

「子供ができたらうげうげさんが子守をしてくれるって？　はは、頼もしいな」

泣いてる赤ちゃんをあやすため、ガラガラを振っているうげうげさんの姿を想像し、俺は楽しくなって笑い声を上げた。

うげうげさんも楽しそうにゆらゆら揺れている。

「……にしても暑いな」

昼になってますます暑くなった。

日差しも強いし、地面からムワッと熱気が立ち上ってくる。

「ちょっとそこの店で何か飲んでいくか」

俺の言葉を聞いて、うげうげさんはコクコクと頷《うなず》いた。

「いらっしゃいませ」

ウェイトレスの明るい声に出迎えられ俺達は小さな店に入る。

中には暑さにげんなりしている下町の人達がいた。

うーん、ゾルタンらしい光景だが見ているだけで暑苦しい。

俺達は空いているテーブルについた。

「何になさいますか？」

「ビールと水を」

「食事はよろしいですか」

「そうだなぁ……何かビールと合うやつでおすすめは？」

「そうですね、カタフラクト風ミートボールなんてどうでしょう」

「へぇ、ここの店主さんは北の出身なんだ。じゃあそれを貰おうかな」

「はーい」

ウェイトレスはキッチンの方へ行った。

すぐに飲み物と料理が出てきた。

先にミートボールを一口食べてみる。

ふむ、ニンニクの風味が効いたミートボールだ。

やはりゾルタンのとはレシピが違うな。

これは美味しい。

そして何より。

「暑い日のビールはどうしてこんなに美味《うま》いのか」

ジョッキに入ったビールを、喉《のど》を鳴らしながら流し込む。

暑い日の真っ昼間から飲むお酒は最高だな。

うげうげさんも小皿に入れられた水を美味《おい》しそうに飲んでいる。

今日は暑いが平和な1日だ。

「うわっ!?　なんだ!!」

「こいつどこから入ってきたんだ!!」

何やら騒がしいな。

振り返ってみると、馬が1頭店の中に入り込んでいた。

馬は俺の方へ視線を向けると蹄《ひづめ》を鳴らして歩み寄ってきた。

「もしかしてうげうげさんの友達か？」

うげうげさんはピョンと飛び跳ねた。

馬も、俺とうげうげさんに答えるように「ヒヒン」といなないた。

「近くを通りかかったから挨拶《あいさつ》に来たってわけでもなさそうだな」

「ヒヒン、ブルル」

馬は何やら深刻そうだが、あいにく馬の言葉はさっぱりだ。

「うげうげさん、この馬はなんと言ってるんだ？」

うげうげさんは小皿の水を使って机の上に図を描いて説明を始めた。

相変わらずのハイスペックっぷり。

「ふむふむ、恋人《つがい》がいなくなった、ご主人は頼りにならない、うげうげさんに捜して欲しい、かな？」

正しく伝わったことが嬉《うれ》しいのか、うげうげさんは両前脚を振り上げ喜んでいる。

恋人がいなくなったか……。

「うげうげさんはどうするんだ？」

うげうげさんは困った様子だ。

うげうげさんは俺の護衛をすると決めているため、友達の馬の依頼を受けられない。

だが恋人がいなくなったというのは一大事、一刻を争う問題だ。

まぁ馬の話であっても、恋人の危機と聞いたら見過ごせないよな。

「俺も一緒に行っていいか？」

俺の言葉を聞いて、うげうげさんは飛び上がって喜んでいた。

よし、ビールを一気に飲み干して、いなくなった恋人の馬を取り返すとしよう。

この世界は戦いに満ちているが、同じくらい冒険にも満ちている。

＊　＊　＊

3時間後。

「一件落着！」

俺とうげうげさんは事件の無事解決を祝い、井戸水で乾杯していた。

冒険の全容はこうだった。

まず恋人の馬《つがい》が失踪《しっそう》した牧場を調べ、恋人がさらわれたことと犯人がモンスターのグリフォンであることを突き止めた。

それから、グリフォンを捜し出し馬を取り返した。

だがこのグリフォンも恋人となる馬を探していたようだ。

グリフォンにとって馬は獲物なのだが、たまに獲物であるはずの馬に恋する個体がいるそうだ。

というわけで、成り行きで今度はグリフォンのお嫁さん探しをすることになった。

ついでにグリフォンを捕らえて支配しようとしていた獣の魔女《ビーストハグ》を倒す。

最後はグリフォンのことを受け入れてくれる馬も見つかって、めでたしめでたし。

きっと来年の今頃にはグリフォンと馬の子である立派なヒッポグリフが生まれていることだろう。

「いやぁ、結局暴れちゃったな」

加護が弱体化しているとはいえ、俺は武技や魔法に頼らない戦い方をしている。

それにうげうげさんもいたことだし、このくらいの事件なら楽勝だ。

……とはいえ今日は休日だったのだが。

冒険に満ちたこの世界、道を歩けば冒険に当たる。

これでもゾルタンは冒険が少ない方なのだ。

まっ、依頼人は他ならぬうげうげさんの友達だったし、ハッピーエンドで終わる冒険だったから良しとしよう。

グリフォンから貰った羽は売ればちょっとした収入になるし。

それに今日の冒険の話をしたら、みんなきっと面白がってくれるだろう。

「冒険が終わって水が美味い」

ただの井戸水だがよく冷えていて、これがまた美味い。

暑い日のビールも良かったが、結局は冷えた水が一番なのかも知れないな。

「うげうげさんはいつもこんな冒険をしているのか？」

うげうげさんは右前脚を上げて答えた。

ティセといつも一緒にいるイメージだが、結構自由行動もしているようだ。

そういえば今回の冒険中でも、牧場の動物達から何か色々相談されたりしていた様子だったな。

「いつかうげうげさんの冒険の話も聞かせて欲しいな」

うげうげさんは嬉しそうに両前脚を振り上げていた。

＊　　＊　　＊

モグリムの店の近くまで来た時のことだった。

「レッドさん!!」

懐かしい声がした。

「アル！　ゾルタンに戻ってきてたのか!!」

駆け寄ってきたのは『ウェポンマスター』の冒険者アルとアルベールの元仲間達。

「それにミストームさんとゴドウィンも」

「久しぶりだね」

「よぉ薬屋」

アル達の後ろには冒険者を引退したミストームさんと、盗賊から〝世界の果ての壁〟との交易路を管理する商人となったゴドウィンもいた。

「うげうげさんも元気そうじゃねぇか」

ゴドウィンは俺の服の中から顔を出したうげうげさんを見て、目を細めて笑った。

「アルはどうしてゾルタンに？」

「ゾルタンの冒険者ギルドに届け物があったんです。滞在できるのはちょっとだけだけど、良い機会だから仲間達とも家族や友達に会いに行こうって話がまとまって。さっき冒険者ギルドで用事を終わらせてきたところなんです！」

「なるほどな」

「あとでレッドさんのお店にも行くつもりでしたけど、まさかここで再会できるなんて！」

アルの嬉しそうな顔を見て、俺も嬉しくなる。

「店にも来てくれよな、リットもきっと喜ぶ」

「もちろんです！」

アルはすっかりたくましくなった。

アルを俺達の家で預かっていた日々がもうずいぶん昔のことのように感じるな。

「私は冒険者ギルドで若い子相手に昔話を語っていたんだ」

「俺は道の整備について冒険者ギルドに依頼を出しに行ったところでアルの坊や達に見つかっちまってな、取り囲まれてひで一目に遭わされそうになっていたところをミストーム師に取りなしてもらったんだ」

「前に店に押し入ってアルを捕まえたの、ゴドウィンだったもんな」

監獄にいるはずのゴドウィンが冒険者ギルドにいて、それでアル達は何事かとゴドウィンを問い詰めたのだろう。

ミストームさんが「くっくっ」と思い出し笑いを漏らす。

「あんときのゴドウィンの情けない顔は傑作だったね、まぁ最終的にゴドウィンのおごりで美味しいもの食べに行こうって話になったのさ」

「それでこの変わった一行ができたのか」

思いがけないこともあるもんだ。

「レッドさんは何か用事があって？」

「ああ……実はな」

俺はポケットからブルーサファイアを取り出した。

「これで指輪を作って、リットにプロポーズしようと思うんだ」

「ええっ!!」

アルが驚き叫んだ。

「本当に宝石を見つけたのかい、やるねぇレッド」

「ついに英雄リットと薬屋が結婚すんのか」

ミストームさんとゴドウィンは感慨深げに頷《うなず》いている。

そして皆笑ってこう言ってくれた。

「「「おめでとう」」」

ああ、俺の幸せを祝ってくれるのは嬉しいことだな。

＊　＊　＊

ようやく俺はモグリムの店に到着した。

普段ならすぐにたどり着けるのに、今日はずいぶん時間がかかってしまった。

「うげうげさんもこんな長い外出になってしまって悪かったな」

うげうげさんはフルフルと震えると、身体を揺らして楽しかったと言ってくれた。

そうだな、楽しい買い物だった。

「レッドか、また剣を折ったのか」

「ようモグリム、それとは別件だ」

店の奥からドワーフの鍛冶《かじ》師モグリムが出てきた。

「そういえばミンクさんは店番していないんだな」

「最近は腹も大きくなってきたからな、半日だけ店番してもらっておる」

「そうか、もうそんなになるのか」

モグリムの奥さん、ミンクさんは子供を身ごもっている。

冬に妊娠していることが判明したのだが、そうか、もう春の後半ともなればお腹も目立つようになる頃か。

「本当なら一日中大人しくしてほしいんだが、それはそれで母子ともに体に悪いらしくてなぁ、子供なんて初めてのことだからさっぱりだわい」

「初めての子供か、きっと新鮮なことばかりだろうな」

「あいつの腹に耳を当てたらな、子が動いているのが分かるんだ……」

モグリムはひげの生えた顔をくしゃくしゃにしている。

自分の子供がこの世界に生まれてくるのが楽しみで楽しみで仕方ないのだろう。

俺はポーチにしまったタンタのスケッチを思い出し、子供のいる未来を想像した。

あぁ、素敵な未来だ。

よし、そのためにもまずは。

「モグリム、今日は大事な依頼があって来たんだ」

「ん、そうだ、剣を折ったんじゃなければ今日は何の用だ？　包丁《キッチンナイフ》でも買いに来たのか？」

「いや実は……」

「これは！」

俺はブルーサファイアをカウンターに置いた。

「ああ、これで婚約指輪を作って欲しい！」

モグリムは俺の身体にガバッと抱きついてきた。

「お、おい」

「よぉやったな！　儂《わし》はあの時指輪を作れなかったのが心残りで仕方なかったんだ！」

やんわり引き剝《は》がそうとするが、感極まっているモグリムの太い腕は中々外れそうにない。

まぁいいか。

うげうげさんはモグリムの頭の上に乗ると、喜びを分かち合うように踊っていた。

＊　＊　＊

「3日⁉」

俺は驚いて声を上げた。

カウンターの上のうげうげさんもびっくりして飛び上がっている。

……今のは俺の声に驚いたそうだ。

「3日で指輪ができるのか⁉」

「おうよ、実はもう指輪のベースは作っていてな」

「まだ依頼もしていなかったのに……」

「お前さんはやるといったらやる男だ、ブルーサファイアだろうがダイアモンドだろうが必ず手に入れると思っていた。だったら暇な時に先に用意しておいたほうが良いってもんモグリムはブルーサファイアを鑑定ルーペで覗《のぞ》き込む。

「ふーむ」

「どうだ？」

「こいつは良い宝石だな、儂が見てきたブルーサファイアの中でも随一だ」

モグリムは感嘆の声を漏らした。

「このブルーサファイアなら最高の婚約指輪が作れるだろう！」

「おおっ」

モグリムが燃えている。

ラベンダのやつ相当いい宝石を用意してくれたようだ。

次に会ったらお礼を言っておこう。

「よし、そうと決まればデザインの打ち合わせだ！　お前さん夕飯は食ったか⁉」

「いやまだ」

「だったらうちで食ってけ！　今日はもう店じまいだ！」

ドタドタとモグリムは店の外に出ると閉店の札を置いたようだ。

「おいモグリム！　これから中古の槍《やり》を見たいんだが！」

「うるさい！　今日はもう終わりだ、明日また来い！」

「そんなー！」

そんな叫び声が外から聞こえてきた。

うげうげさんがやれやれと体を揺すっていた。

＊　＊　＊

帰る頃にはすっかり夜になっていた。

歩いている俺に怪しい男が声をかけてきた。

「おい、あんた腕が立ちそうだな、儲《もう》け話があるんだが聞くか？」

「いいや、冒険はもう間に合っているよ」

「待てよ、火属性のアルミラージの角を集めるだけで大金が……」

無視だ。

やっと俺の家の明かりが見えてきた。

「ふぅ、やっと帰ってこられた、うげうげさんもお疲れ様」

うげうげさんはピシッと右前脚を上げた。

それから頭を傾げて俺を見る。

「ん、今日の休日は楽しかったかって？　ああ、とても楽しかった」

良い1日だった。

家が近づいてきた。

「レッド！」

「お兄ちゃん」

リットとルーティが店の前の長椅子に座っていた。

「もしかして待っててくれたのか？」

「今日は月が綺麗《きれい》な夜だから、外で待つのもいいかなって」

「おやつも用意してある」

ルーティは丸いボーロがたくさん入った皿を見せてくれた。

「美味《おい》しそうだ」

「レッドはご飯もう食べたの？」

リットがたずねた。

「ああ、モグリムのところでご馳走《ちそう》になったよ」

「へぇ、ミンクさんの調子はどうだった？」

「結構お腹が大きくなっていたな。最近はあまり店に立たせないようにモグリムが頑張っているらしい」

「ふふ、モグリムは良いパパになりそうね」

俺は服のホコリを払うと、2人の座っている長椅子に座った。

「この椅子は3人だと少し狭いかな」

「ううん、これがいい」

「そうね、王宮の広々とした椅子もいいけど、こうして狭いスペースで肩を寄せ合う暮らしも良いものだわ」

「そういうものか」

2人が空けていたから自然と俺は真ん中に座っている。

右にリット、左にルーティ。

肩をくっつけながらお菓子を食べる。

卵をふんだんに使ったボーロはコクがあり美味しかった。

うげうげさんは地面に飛び降りると、右前脚を上げて俺に挨拶《あいさつ》した。

家の中にいるティセのところに戻るのだろう。

「今日はありがとう、ティセに今日あったことを話してあげるといい」

うげうげさんはもちろんだと言うように頭を傾げ、トコトコと家の中へ歩いて行った。

「お兄ちゃん、加護の調子はどう？」

「うん、スキルレベルが少し戻ってきたよ。この調子なら1週間程度で完全に回復すると思う」

「回復したら、今回の冒険でレベルアップしたスキルポイントで何かスキルを強化しようかな」

「良かった」

スローライフを始めてから初めてのレベルアップだ。

これまで見向きもしなかったコモンスキルを取るのもいいかもしれない。

「たとえば？」

リットが聞いてきた。

「ふむ、そうだな……」

コモンスキルには色々あるが……。

「操縦スキルを取ってみるのもいいかな、俺も飛空艇というものを操縦してみたい」

「確かに！　着陸している場所は見物に行ったけど、空を飛んでいるところは見たこと無いものね」

「一度は乗ってみたいよな」

俺とリットはうんうんとうなずき合う。

「飛空艇のことはティセに任せてある、あとで話を聞いてみたらいいと思う。お兄ちゃんが飛空艇を操縦する時は私も乗る」

「楽しみだ」

冗談半分の考えだったんだが、良いかも知れない。

「あとは絵画スキルとかかな」

「絵画？　素敵じゃない！」

絵画スキルは、目で見たものや頭の中にあるものを正確に描くためのスキルだ。

戦闘や旅で役立つことはあまりないだろう。

一応、地図を描く時に便利だったりはするが、地図を描くのに必要なのは正確な測量だ。

生存術《サバイバル》などのスキルを取ったほうが良い。

そういうわけで、騎士だったころの俺は絵画スキルには見向きもしなかった。

「でもどうして急に絵画に？」

「いや今日は色々と絵に触れる機会があって」

俺はポーチからタンタが描いた店の絵を2人に見せた。

タンタはまだ加護に触れていないので、これはスキルを使わず描いた絵だ。

子供の絵だが、スキルが無くともどういう家にしたいのか意図が分かる良い絵だと思う。

モグリムと指輪のデザインについて図示してもらいながら話し合いをしたことは、まぁ3日後のお楽しみで良いよな。

「タンタが描いてくれたんだ、将来の改築のデザイン画だってさ」

「これ……子供部屋だよね」

「ああ、良いだろ？」

「……ふふ、素敵ね」

リットは嬉《うれ》しそうに微笑んだ。

「お兄ちゃんが今日1日どんな休日を過ごしたのか興味ある」

ルーティは絵を眺めてそう言った。

「午前中タンタと会ってね、昼まで一緒に遊んでこれを描いていたんだ……良い機会だ、古代エルフの遺跡の冒険に行った日から今日の休日まで何をしていたか話そうか」

「うん、楽しみ！」

「少し長くなるが……まだ過ごしやすい気温だし、このままここで話すか」

俺はルーティに冒険の話をした。

色々なことがあった。

勇者管理局の正体、古代エルフが実は人間だった事、冒険の中でヴァンが成長していった事、そしてそれを塗りつぶしたデミス神の奇跡について。

「デミス神が!!」

さすがのルーティも驚き固まっていた。

そりゃそうだよな、起こったことは正しく奇跡だ。

「やはり私もついていくべきだった、とても危険な状況だった」

「確かになぁ、今回ばかりはもう駄目かと思ったよ」

「私も絶望していたけど、レッドが冷静さを失っていたから逆に私が落ち着かなきゃってなって……」

「リットのおかげで助かったよ、ありがとう」

リットがいなければ、俺は怒りと絶望のままにデミス神と戦い全滅していただろう。自暴自棄になってしまうほど圧倒的な強さだった。

「私もデミス神を一発殴りたかったのに」

ルーティは拳《こぶし》を握って「むむむ」と唸《うな》っている。

ルーティにとってデミス神は『勇者』を押し付け、人生を無茶苦茶《むちゃくちゃ》にしてきた黒幕だからなぁ。

一発殴りたくなるのも当然だ。

「でもお兄ちゃんが無事なら良かった」

「ルーティは『勇者』のことを知って……大丈夫だったか？」

ヴァンが衝撃を受けた過去の勇者の在り方。

だがルーティは首を横に振った。

「私はもう勇者じゃない」

「そうだったな」

勇者というものは、ルーティにとって終わった話なのだ。

少しだけ心配したが、ルーティはもう『勇者』を乗り越えている。

それから戦いが終わった後のことを話して、そして今日の話もした。

タンタのこと、うげうげさんとの冒険のこと、アルやミストームさんと再会できたこと、モグリムのお店で夕食を御馳走になりミンクさんと生まれてくる子供の話をしたこと。

そしてこうして3人で夜空を見ながら話をしていることが幸せだと伝えた。

「休みなのに色々あったね」

「そうだな、でも今日は楽しい1日だった、これが俺の日常《スローライフ》だよ」

俺はそう言い切る。

この世界は冒険と戦いに満ちている。

どんな辺境に行ってもそれは変わらない。

英雄にだってこの世界を変えることはできないだろう。

だけど、自分の心の中は自由だ。

だから俺は、そこがどんな世界であっても幸せになろうとする意思は守られるべきだと思うのだ。

俺達は幸せだ。

エピローグ

ハッピーエンドを刻む指輪

3日後、夜。

「指輪はあるな」

俺はポケットの中の指輪の入った箱を指で触って確認する。

もう何回目だろうと内心苦笑しているが、『勇者』でない俺は怖くなってしまうのだ。

俺は店の外の椅子に座ってリットが帰ってくるのを待っていた。

この間とは逆だな。

「あ、レッド！　待っててくれたの？」

「あ、ああ、お帰りリット」

「えへへ、ただいま！」

リットは俺に抱きつき、頬に軽くキスをした。

柔らかい唇の感触に、俺はドキリとしてしまう。

「今日からレッドが夕飯作ってくれるけど、本当に良いの？　まだ休んでいてもいいんだよ」

「いや、もう料理スキルが戻ってきたからな。俺はリットに料理を作るのが好きなんだ」

「えへへ、それじゃあ、着替えてくるね！」

「あ、あぁ」

そう言ってリットは家の中へ入っていった。

俺はポケットの中の箱に触れる。

渡せなかった……。

*　*　*

カチャカチャとキッチンに音が鳴る。

俺は石鹼《せっけん》と水でコップを洗い、それをリットに差し出した。

リットは差し出された食器を受け取ると、フキンで水気を拭《ふ》いて棚へ置く。

「はい終わり」

「おつかれさま」

最後のコップを棚へ置くと、リットは片手を上げた。その手に俺がかるくタッチする。

「イエーイ」

ちょっと一緒に食器を洗っただけだというのにリットは一仕事終えた後のような笑みを浮かべている。

何か共同作業をする度に、俺達はしょっちゅう、ハイタッチしたり、握手したり、ハグしたりしていた。

いや、まぁ、人がいる前ではやってない。やってなかったと思う、ちょっとくらいはしたかもしれない。

「じゃあお風呂《ふろ》準備してくるね」

「ああ、頼む」

俺は居間に戻ってテーブルを拭いておいた。使ったフキンは、しっかり絞って干しておく。

それが終われば、リットがお風呂の準備をしてくれている間、のんびり待つ。

「うーむ」

どのタイミングで渡すか、それが問題だ。

「緊張してきたな、やっぱり明日にするか」

日和《ひよ》った考えが頭をよぎった。

俺は慌てて首を振って、弱気を頭から追い出す。

「何事もそうやって引き延ばすのは良くないと団長から教えてもらったじゃないか。打つと決めたら躊躇《ちゅうちょ》せず打つ、決意即断こそ常勝の剣だって」

もちろん剣と用兵の話だ。

団長もまさかこんな場面で思い出されることになるとは思わなかっただろうな。

懐かしいな、騎士団に入ったばかりのころ、『導き手』の初期レベル増加で戦っていた俺に、スキルに関係ない剣術の重要さを教えてくれた人だった。

それに剣術だけではない。見習い時代の俺のことを〝ギィ坊〟と呼んでいた団長は、口を酸っぱくして『加護』に頼りすぎないことを教えてくれた。

『いいかギィ坊、加護はたしかにワシらの力の源だ。だが加護は何も判断しちゃくれない。なにが正しいかはワシら自身が選ばなければダメなのだ』

加護は判断をしない。この原則を人はよく忘れる。

衝動に従うのが正しいということを、衝動に反抗する苦しみと、衝動を解消する喜びとで感覚的に学ばされるからだ。

また聖方教会の教義でも、加護の衝動によって起こった失敗や罪を、デミス神は責めたりはしないとしている。

7年前、山賊王として知られた『バンデッド』の加護を持つ凶悪な男が処刑された。

この男がどれだけ多くの人々を殺し、奪ってきたのか知られているはずなのに、加護に与えられた役割を全うしたと、教会や市民から多くの尊敬を受け、処刑されるその日まで、牢獄《ろうごく》で何不自由なく過ごしていた。

処刑の日には多くの見物人が押しかけ、死の恐怖で震える男に対し、頑張れなどと応援の声が飛び交うほどだった。

そして山賊王は盛大な拍手と共に処刑された。

「なんだかなぁ」

山賊王を捕らえる戦いには俺も参加したのだが、あの男はいわゆる義賊などの類《たぐい》ではない。人を引きつけるカリスマのようなものはあり、子分の面倒見は良かったそうだが、私利私欲のために襲撃され殺された被害者達を思えば、同情する気にはなれない。

「お風呂ちょうどいいよ！」

リットの声がした。いかん、思考が完全に脇道にそれていた。

肝心の、指輪をいつ渡すかが決まっていない。

……風呂に入りながら考えるか。

＊　　＊　　＊

俺とリットは一緒にお風呂に入る。

リットは背中を俺の胸にあずけて、気持ちよさそうに脱力していた。

リットの後頭部から見える景色、その健康的なうなじとか湯船に浮かぶ胸とかは、こう、色々と照れるものがある。

しばらく冒険に出ていたから、こうしてリットと一緒にお風呂に入るのも久しぶりだ。

「今日も楽しかったね」

リットが言った。ぽちゃんと天井についた雫《しずく》が湯船に落ちた。

「久しぶりの大冒険も楽しかったけれど、やっぱりレッドとこうして何気ない日常《スローライフ》を過ごすことが一番幸せ」

「俺はゾルタンに来たとき、もっとひっそりと孤独にスローライフするものだと思っていたよ」

「急にどうしたの？ ……その方が良かった？」

俺はリットの肩を抱いた。

「そんなわけないだろ」

俺達は目を閉じて、お互いの体温を感じ合う。

「り、リット」

言わなければ。

「お、お風呂から上がったら渡したいものがあるんだ。ちょっと時間いいかな」

「え、もちろん良いけど……渡したいものって」

「大したものじゃ……いや大したものだ、俺にとってとても大切なものなんだ」

「大切なもの……」

緊張でお互いの身体が硬直したのがわかった。

落ち着け、深呼吸だ。

＊　　＊　　＊

婚約指輪を贈る習慣について、こんな伝説がある。

これは『冬の悪魔』と『竜騎士』の伝説の一部だ。

『冬の悪魔』を倒した『竜騎士』は、氷の城に閉じ込められた『お姫様《プリンセス》』を助け出す。

だが『お姫様』は『冬の悪魔』の呪いによって、心臓の芯《しん》まで凍りついてしまっていた。

『竜騎士』はその美しい『お姫様』の姿に見惚《みと》れた。

そして『お姫様』の心臓が凍てつ《い》き、その鼓動を止めていることを深く悲しんだ。

『竜騎士』は己の薬指の指輪を抜き取ると、それを『お姫様』の胸に載せ、指輪の中に自分の血を垂らした。

すると『竜騎士』の熱い血が『お姫様』の肌を通り抜け心臓へと達し、凍てついた心臓を温めた。『お姫様』の心臓は再び鼓動を始め、『お姫様』はゆっくりと目を開ける。

そして2人は口づけを交わす。

『竜騎士』は『お姫様』と結婚し、『お姫様』の故郷に行くと王となった。

そういうあらすじの伝説だ。


これがアヴァロン大陸で、婚約の際に指輪を贈る習慣の由来だとされている。薬指につけるというのも、この伝説のためだ。

まぁあれだ。いささか暗喩《あんゆ》が分かりやすい伝説だとは思う。

女性の指輪の中に血液を通すとか……。

お風呂から上がって着替えているリットを待ちながら、俺は〝指輪〟の入った箱を手に、幻滅されたりしないか、やっぱり後日雰囲気のいいレストランで渡したほうがいいんじゃないか、と今更うじうじと悩んでいたのだった。

＊　　＊　　＊

「き、着替えたよ」

そう言って出てきたリットは、寝る時に着るガウンではなく、外で着るいつもの服を着ていた。

「ご、ごめんね。でも私この服好きなの。ロガーヴィアであなたの仲間として一緒に戦って、ゾルタンであなたのパートナーとして一緒に暮らしてて……その、上手《うま》く言えないけど、私は特別な日よりレッドとの毎日が幸せなの。だから、この服がいいかなって……嫌だった？　綺麗《きれい》な服に着替えてきたほうが良い？」

「いや、俺もその服を着たリットが好きだよ」

言ってからお互い顔を赤くする。

リットは首のバンダナで口を隠そうとして、その直前でぎゅっと手を握ると、口元を隠さず俺を真っ直ぐに見た。

「それで、渡したいものって何かな」

リットの空色の瞳《ひとみ》を真っ直ぐに見つめながら、俺は右手の中にある指輪の感触を確かめる。

俺はその時、リットの瞳を見てロガーヴィアでリットと初めて出会った頃のことを思い出していた。

『勇者なんかいなくたって私達ロガーヴィア公国は魔王軍くらいやっつけられるわ！』

最初、リットに出会った時に言われた言葉だ。

俺達と反目し、同じ魔王軍と戦う者として直接的な妨害はしてこないものの、俺達より先に手柄を立てることで俺達の面目を潰《つぶ》そうとしていた。

そうすれば、勇者を受け入れ、軍の指揮権すら渡して助力を頼もうという父の考えを改めさせられるとリットは考えたのだ。

＊　　＊　　＊

首都ロガーヴィアで、俺は机の上にロガーヴィア王からもらった地図を開き、解決すべき問題を書き込んでいた。

「占領されている村は2つ。南部に魔王軍の本隊が展開。西部と東部にもまばらにオーク軽騎兵《ハサー》部隊が展開している。山間《やまあい》の集落から木材の供給量が減少、原因不明。北部開拓地に竜《ドレイク》と思われる怪物の襲撃あり。隣国サンランド公国への援軍要請は無し」

魔王軍の配置を見れば、魔王軍の最終目的がロガーヴィア城の包囲だということも分かる。今は村を襲撃し、ロガーヴィアへの食糧供給を少しずつ断ち、救援に動員されるロガーヴィア軍を疲弊させるのが目的だろう。

本隊のデーモン兵は温存され、オーク軽騎兵《ハサー》ばかり戦いに参加していることからも間違いない。

「気になるのは、魔王魔下《きか》アスラデーモンの部隊が参加していることか」

魔王タラスクンと同族のアスラデーモンは、恐れを知らぬ精兵達としてアヴァロニアの兵士達を震え上がらせた。

歩兵部隊ながら進軍速度は極めて速く、悪路を物ともしない。

特に河川からの強襲を得意とし、小型ボートで集落を襲撃する。軍が集まって反撃しようにも川に逃げられ追いかけることができない。

人の町というのは基本的に川の近くに作られる。人が生きていく上で水は大量に必要だ。また農業をやるのに水が必要不可欠なのもあるし、物資の輸送は船で行うのが最も効率がいい。

地図を開けば、河川にそって町や村が並んでいることに気がつくだろう。

「アスラデーモンの将軍が指揮を執っていたとしたら厄介なことになるな……早急に河川からの襲撃を警戒する必要があるな」

ロガーヴィア王の案の通り、部隊の指揮権の一部を俺達が扱えるのなら、そうした対応はずっと楽になる。

「俺達に指揮権を渡すことに反発する貴族達に対して勇者が手柄を立てて分かってもらう必要もあるな。だとしたら、最初は占領された村の解放や東西にあるオーク達の陣地への襲撃から始めるか」

その時、部屋の扉がガタンと荒々しく開かれた。

「外は明るいのに部屋に閉じこもってご苦労なことね！」

「なんだリットか」

俺は腰の剣の柄《つか》に置いた手を離す。

その様子を見て、リットは訝《いぶか》しげに俺を見た。

「あんた、なんで部屋の中で帯剣してるの？」

「自衛のためだよ、今度からノックくらいはしてほしいね」

「自衛って、ここはロガーヴィアよ？　誰が襲ってくるっていうのよ」

俺は肩をすくめるだけで何も言わなかった。

戦い続きで剣が手に届くところに無いと落ち着かないだなんて、わざわざ言うことじゃない。

「それで一体何の用だ？」

「聞いたわよ」

つかつかとリットは俺の隣へ歩み寄る。そのまま顔を近づけニヤリと笑った。

リットの顔が目の前に広がり、その綺麗な空色の瞳に一瞬見惚れてしまった。

「あんた達に兵の指揮権を渡すって案、保留になったらしいじゃない」

「誰かさんのおかげでな」

「褒めてくれてありがと！」

何をしに来たかと思えば、それを言いに来たらしい。リットは勝ち誇ったドヤ顔をしていた。

「そういうわけだから、あなた達は別の国を救いに行けばいいのよ」

「そうはいかないな」

リットはムッとした表情に変わり、地図に視線を戻そうとした俺の肩を掴《つか》む。

「他に勇者を受け入れてくれる国なんていくらでもあるでしょ。そっちで戦えばいいじゃない。富も名声も、別にこの国にこだわる必要なんてないでしょ」

「ロガーヴィアが落ちれば北部一帯の前線が崩壊する」

「そんなこと私にも分かってるわよ、だから私達が守るって言ってるでしょ」

「〝守る〟じゃダメだ。〝守った〟後ならば俺達はここから喜んで立ち去る」

俺の言葉にリットは言葉をつまらせ、一瞬視線を泳がせた。

だがすぐに立ち直ると、ふぅとため息を1つ吐く。

「わかったわよ。あんた達は魔王軍に勝つために戦っているのね、それくらいは認めるわ」

「どうも」

「で、話を戻すけど、なんであんた1人で地図とにらめっこしてるわけ？」

「最初に俺が情報を整理して、それから仲間で相談するようにしてるんだ」

「え？　あんたの仲間に『賢者』っていたでしょ？　そいつはやらないの？」

「ん……まぁな」

俺が曖昧《あいまい》な表情で苦笑したのを見て、リットは察したのか初めて表情を柔らかくした。

「あんたも苦労してるのね」

「どうも」

それからリットも机の地図を覗《のぞ》き込む。

「短い時間でよく調べてるわね」

「これから方針立てるのに情報がなきゃ始まらないからな」

しばらく眺めた後、机の上のペンを取るとリットも地図に書き込みを加えた。

「ここは物資を売りに行く商人達が泊まる宿があるの」

「インフラの要所というわけか」

「それから地図にはないけど、ここには丘があるの。ここに布陣すれば有利になるはず」

「ふむ、逆にそこに陣を張られると攻め落とすのが難しくなるか」

「あと、この〝東を押さえる〟ってメモ書きは何？」

「それは、この地点を占領されると、この河川一帯の防衛が難しくなるからだ」

「……確かに。これは軍にも伝えておくわ。いいでしょ？」

「もちろん。だが、もし魔王軍本隊が出てくるようなら、防衛は諦《あきら》めて、この地点まで下がったほうが良いだろう」

「確かに守りに向く地形じゃないわよね」

「南側に布陣している本隊が、ここまで動くのはまだ先のことになると思う。今のうちに作物の収穫を終わらせて、物資と共にこっちの町まで村人達を引き揚げさせるべきだ」

「でも、それだけの人間を収容できるような町じゃないわよ」

「仮設住宅の準備も必要だな……なぁ」

リットは地図から視線を上げ、俺の目を真っ直ぐに見る。

「なんで手伝ってくれるんだ？」

「あんた、私が何を言ってもここの防衛戦が終わるまではロガーヴィアに居るつもりなんでしょ？　だったら遊ばせておくより、雑用でもやらせてやった方がいいと思っただけよ。別に認めたわけじゃないんだから、そこんとこ勘違いしないで」

「そうか。そりゃ助かる……しかし、なんだな」

俺は思わず口元がニヤけてしまった。

「何よ？」

俺の表情を見て、バカにされてると思ったのか、リットが口を尖《とが》らせる。

俺は慌てて首を横に振った。

「違う違う！　こうして情報整理を誰かとやるのってずいぶん久しぶりだったからさ」

「あんた、本当に苦労してるのね」

「だからまぁ、なんというか……ありがとな」

「ば、馬鹿じゃないの！　別にあんたを手伝ってるわけじゃないの！　ロガーヴィアのためにやってるだけなんだから！」

リットはバンダナで口元を隠した。

どうやら笑ったり、照れたりするとき、リットは口元を隠す癖があるようだ。

その時見たリットの仕草が、とても可愛く見えて、俺達に敵意を隠さないリットのことが、この時にはもう嫌ではなくなっていたことを憶《おぼ》えている。

＊　　＊　　＊

クレイギスナ村。河にかかる橋の周りにできた村で、南部街道とロガーヴィアを結んでいる。

この村では畜産が盛んで、牛や馬の牧場が広がっていた。

特に彼らが何世代もかけて育ててきた牛の品種は、ロガーヴィア王だけでなく、アヴァロニア王国やカタフラクト王国の王宮でも食されることで有名だ。

ロガーヴィアへ行くなら南部街道を通るべし。旅人達は日程を調整し、必ずクレイギスナ村で1泊し、最高品種とはいかないまでも、クレイギスナの牛に舌鼓を打つのだった。

「やめてくれ！　その子は種牛なんだ‼」

「ああん？」

緩やかに湾曲したオーク拵《こしら》えのサーベルを持ったオークの兵士は、すがりつく人間の男を、口元に嗜虐的《しぎゃくてき》な笑みを浮かべながら睨《にら》みつけた。

「親父や祖父《じい》ちゃん、そのご先祖様が、ずっと育ててきた血統なんだ！　牛はもう全部やったじゃないか！　それを持っていかれたら、うちの牛は途絶えちまう！　親父達がやってきたことが全部無駄になっちまう！」

「知るか」

オークはためらいもなく、サーベルを振るった。

男は背中にサーベルを突き立てられる。痛みに悲鳴を上げながら、男は倒れた。

「ここの食い物はすべて徴発しろと、デーモン様から言われてるんだ」

オークはつながれた牛のもとへと歩きだす。

だが、怯《おび》える牛の前に立ち、両手を広げる少女の姿を見て立ち止まった。

「お、お父ちゃんの牛に手を出さないで！」

その隣には、真っ青な顔をして農具を構える少年が2人。

オークはぺろりと唇を舐《な》めた。

「へへ」

父親の血で濡《ぬ》れたサーベルをだらりと下げたまま、オークは再び歩きだす。

少女は恐怖で逃げ出したくなるが、地面に倒れ血を流している父親の姿を見ると、ぎゅっと目をつぶって耐えた。

少女も少年達も何の抵抗もできず殺されるだろう。だが、その行動に意味があるからではない。少女は家族のために、ここで戦わなければならなかったのだ。そうしなければ、生涯後悔し続けるだろうと、少女も少年達もそれだけは理解していた。

オークがサーベルを振り上げた気配を感じ、少女は思考を停止しつつある頭のどこかで。

カチカチと鳴る歯をうるさく思いながら歯を食いしばった。

だが痛みはいつまでたってもやってこなかった。

＊　＊　＊

「がっ!?」

オークの革鎧《かわよろい》の隙間を縫って、俺とリットの剣がそれぞれ刺し込まれる。オークは崩れ落ち、動かなくなった。

「みんな怪我はない⁉」

リットが少女達に駆け寄る。その間に俺は、倒れた農夫のもとへ向かい、キュアポーションを飲ませる。

「強力なポーションを渡してやれれば良いんだが物資不足だ、キュアポーションで我慢してくれ」

「う……」

血を流して意識は朦朧《もうろう》としているようだが、傷さえ塞《ふさ》がれば命に別状はないだろう。

「もしかして英雄リット⁉」

「ええそうよ。遅くなってごめんなさい。この村を助けに来たわ」

リットのいる方から涙まじりの歓声が聞こえた。

振り返ると、リットは少女達を安心させるように笑顔で抱きしめ、戦いが終わるまで隠れているようにと指示を出していた。

「大丈夫、晩ごはんには間に合うから」

「ホント⁉」

「本当よ。英雄リットを信じなさいな」

「うん‼　あっちの人はリットさんの仲間？」

「え？」

俺のことを指さした少女に、リットは言葉をつまらせた。

思わず、俺は口元をニヤけさせてしまう。

「どうなんだ？　俺は仲間かい？」

俺が軽口を叩《たた》くと、リットは俺のことを睨みつけた。その様子に少女は少し不安になったようで、表情を曇らせる。

リットは慌てて、

「え、ええ、そうよ！　あいつは私の仲間。すっごく強いから、私達にかかれば魔王軍なんて楽勝よ！」

「すごい！」

少女と少年達は目を輝かせて俺を見る。俺は笑いをこらえるのに必死だった。

「ありがとう！　リットさんの仲間のお兄さん！」

少女と少年達の言葉にリットは微妙な表情をしていたのだった。

＊　　　＊　　　＊

「笑うな！」

牧場を離れたあと、声を出して笑っている俺の背中をリットが蹴《け》ってくる。

もちろん当たってやらない。

「避《よ》けるな！」

「理不尽な」

魔王軍に占領されているクレイギスナ村を解放するため、俺とテオドラでオーク達に襲撃を加えるはずだった。

占領しているオーク達は、奇襲を受けた場合、一度情報を集めるために指揮官のもとへ集結する。そこをルーティ達が攻め、指揮官を討ち取ったということを部隊すべてのオークに見せつけることで、士気を崩壊させ潰走《かいそう》させようという作戦だ。

10人にも満たない俺達では、展開した軍隊の相手は不可能だ。集結したところを叩く必要があった。

リットは俺達のやり方を見てみたかったようで、勝手に付いてきた。最初はルーティ達と一緒に指揮官を叩くという話だったのだが、村で魔王軍が好き放題しているのを見て我慢できなかったようだ。

そこでテオドラとリットを入れ替え、こうして2人でオークを狩っているのだった。

「あーもう！　仕方ないでしょ！　あの場面で、こいつは仲間じゃないんだよなんて言えるわけないじゃない！　あの子が不安になっちゃうでしょうが！」

「そうだな、さすがリットは頼りになる仲間だよ」

「ぐぬぬ」

そうこうしているうちに、巡回中と思われるオークが4人歩いているのが見えた。

「さて、前方にオークが4人」

「左側2人は私がやるわ」

「OK、じゃあ俺は右を」

オーク達が俺達に気がついて叫び声を上げた。

さっきは余裕がなかったため、すぐに倒してしまったが、ああして騒ぎを起こさせなくては意味がない作戦なのだ。

「よしいくか」

俺は剣を抜いて駆け出した。

「何だお前らは!!」

オーク達もサーベルを抜いて応戦する。

俺の最初の一撃は、オークのサーベルに阻まれた。

「止めるか、あんた結構やるな」

すぐに残った3人のオークが俺を斬ろうとする。

「何手こずってるのよ！」

リットが両手にショーテルを持って飛びかかる。

内側に湾曲した特徴的なショーテルの一撃は、受けようとしたオークのサーベルを外してオークの身体へと切っ先を届かせた。

その一瞬、俺の目の前のオークの意識が逸《そ》れた。そのすきを見逃さず、剣を切り返しオークの左肩へ剣を突き入れる。

「ぎゃ⁉」

「いぎっ⁉」

2人のオークが傷口を押さえながら、よろよろと後ずさり、倒れた。

だが、残ったオーク達は怯える様子もなく背中を合わせる。

その顔は、俺とリットの剣技を見たにもかかわらず、自信に満ちていた。

……こいつら、多分強いぞ。

「連係武技：阿吽合風刃《あうんごうふうじん》！」

全方位に刃の風が巻き起こった。

「くっ⁉」

初めて、リットの表情に緊張が走った。

俺達は無数の刃を防ぎながら、後方に飛び退く。

「……魔王軍にはこういうのがたまにいるんだよな」

俺は剣では受けきれず、着ている防具に残った傷を見てつぶやいた。

リットも、袖《そで》が裂かれている。お互いダメージは負わなかったようだが、あの剣風を突破するのは骨が折れそうだ。

「俺はガデリュト。その意味は火鳥」

「あたいはビジュリュト。その意味は雷鳥」

「十三騎兵隊の雷火《ビジュガデ》を相手にするとは、あんたら運が無かったな！」

オークの英雄というやつだろう。

幾度となく死線をくぐり抜け、その加護レベルを成長させてきた猛者《もさ》。

「しかも連係武技とは」

2人以上が同時に武技を発動することによって効果を倍増させる武技がある。今のは曲刀系武技の、〝阿《あ》風刃《ふうじん》〟と〝吽《うん》風刃《ふうじん》〟を同時に発動させることで使える武技だったはずだ。

「実際に見るのは初めてだ」

これほどの腕の持ち主だ、ここで討ち取っておきたい。

俺は試しにスローイングナイフを投げつけてみたが、すぐに刃の風によって撃ち落とされる。

リットは精霊魔法でフレイムアローを打ち出すが、それすらも届かずかき消された。

「俺らの阿吽合風刃《あうんごうふうじん》には矢弾も、魔法も通じん！」

ハッタリではなさそうだ。

アレスやテオドラくらいの強大な魔法ならば別なのだろうが、リットの魔法では突破は難しいだろう。

「このっ‼」

リットは接近戦を挑もうと剣を構える。

「待て」

剣を構えたリットの腕を、俺が押さえた。

「え、あ、あれ？　あんたいつの間に？」

俺はスキル〝雷光の如き脚〟でリットの側に回り込んだのだ。

オーク達も一瞬、驚いた表情を浮かべていたが、すぐに冷静さを取り戻す。

「脚を速くするスキルか。だが、いくら脚が速くとも、あたい達の武技には関係ない！」

確かに、360度すべてをカバーする〝阿吽合風刃《あうんごうふうじん》〟を、俺の〝雷光の如き脚〟で突破することはできない。

俺のスキルは、ただ脚が速くなるスキル。

無数の刃による嵐に対しては無力だ。

「なによ、まさか逃げようなんて言うんじゃないでしょうね！」

腕を摑《つか》んでいる俺を、リットが睨《にら》んだ。

「もちろん違う。だが、ここでいつまでも時間を取られているわけにはいかない」

「だからこれから私が戦おうとしてるんじゃないのよ！」

俺は腕に力を込め、リットの目を見つめた。

「な、なによ……」

「こっちも連係した方がいい。俺が攻撃を防ぐから、リットは後ろから付いてきて攻撃に専念してくれ」

「……連係ね、まぁ一理あるのは認める。でもね」

ゴチンと音がした。リットが俺の額に頭突きした音だ……痛い。

「見損なったわよ。私は二刀でたくさんの攻撃を捌《さば》くのに向くし、あなたの剣はロングソードで私のショーテルより長い。あなたの方が2歩は間合いを稼げるでしょ。役割が反対よ。それとも女を守るのが騎士の務めだとでも言うの？　バッカじゃないの!!」

額を突き合わせたまま、リットは俺の目を真っ直ぐ見つめた。

そうだな、リットが正しい。

「悪かった。俺を守ってくれるか？」

「任せて」

双剣を構えるリットが先頭に、その後ろに俺が立つ。

「阿吽合風刃《あうんごうふうじん》は、お互いが約270度の効果範囲を持つ武技だ。死角となる背面はお互いがカバーする。だから死角はない。が、刃が薄い部分はある。狙いは敵の正面。そこがもう1人にとっての死角だ」

俺達はオークの真正面、視線が交差する位置へと飛び込もうとする。

だが、オークの顔には余裕の笑みが浮かぶ。

「これは俺達の技だ！」

「弱点など分かりきったこと！」

「「その程度で破れると思うなよ！」」

背中を合わせたオーク達の身体が息の合ったタイミングで、くるりと回転する。俺達から見て側面。そこは2人の剣が合わさる、もっとも刃の密集したところ。

「一点集中にはあたい達の刃の嵐で迎え撃つ！　阿吽合風刃《あうんごうふうじん》に死角はない！」

すぐに連係武技：〝阿吽合風刃《あうんごうふうじん》〟が再開される。その刹那《せつな》、俺はリットの腕を引きながら〝雷光の如き脚〟を発動した。

「な、なに⁉」

瞬きする間に俺とリットはオーク達の正面に移動していた。

驚くオーク達とは違い、リットは一瞬の戸惑いもなく、すぐさま刃の中へと飛び込んだ。

カカカカカカッ!!!!

超高速のリズムでリットの双剣が鳴る。

俺の眉間《みけん》を切り裂こうとした刃の風を、リットの剣が弾《はじ》いた。だが俺を庇《かば》おうと右手を伸ばしたことで、リットの身体が開いた。大きくなった的に無数の刃が殺到する。

リットは左手一本でそのことごとくを弾くが、受けきれなかった刃がリットの太ももを浅く切り裂いた。

「あと3歩！」

俺はリットを気遣う代わりにそう叫んだ。

1歩踏み出す。次に2歩目。リットの左腕から鮮血がほとばしった。だが止まらない。

そして3歩。

リットと俺は、肩を触れ合わせながらお互いの位置を入れ替えた。

突き出された剣がオークの革鎧《かわよろい》を貫き、胸へと吸い込まれる。

「ぬおおおお!!!!」

だがオークはその状態で俺の剣を掴んだ。

「なッ!?」

オークは全身の筋肉を硬直させ、突き立てられた俺の剣を抜けないよう固定する。

そしてもう1人のオークがサーベルを俺の心臓へ向けて突き出した。

俺の差し出した左手にリットの手が添えられる。その手が離れた後には、リットのショーテル。

俺は、左手に持ったリットのショーテルで、サーベルを振りかざしたオークを斬り上げた。

慣れない武器だったが上手《うま》くいった！

俺に振り下ろされたオークのサーベルは首筋のすぐ近くで止まった。

ガチガチと金属が摩耗する音がする。リットのショーテルが俺に振り下ろされたサーベルを防いでいた。

「あんた、身を護《まも》る素振りすら見せなかったね、そこまで相棒を信じられるとは大したもんだよ……」

オークはかすれた声で称賛の言葉を俺達に贈った。

ショーテルの切っ先を脇腹から内臓へと深く突き立てられ、サーベルを持ったオークは力尽きて倒れる。

「良い連係だった」

仲間が倒れたのを見て、もう1人のオークは突き立てられた俺の剣を抜いた。血がドウと溢《あふ》れる。

致命傷だった。

血で赤く染まった口元を歪《ゆが》ませ、最後のオークも、相棒の隣に寄り添うように倒れたのだった。

「ふぅぅ」

リットは深く息を吐きだし、座り込んだ。

「大丈夫か」

俺はリットにハイキュアポーションを渡す。

リットの太ももと左の二の腕から、血が流れていた。

「ありがと……あんたショーテル使うの下手くそね」

「慣れない武器を土壇場で使えたんだから、褒めて欲しいところだ」

リットは一気にポーションを飲み干す。傷が治るまでに感じるはずだった痛みが一瞬にまとまって来たような、キュアのときに感じる独特の痛みにリットは顔をしかめるが、次の瞬間には傷口がピタリと閉じていた。

「あんな強いオーク、初めて戦った」

「たまにいるんだ、王軍はずっと戦争してるからな。中には敵を倒し続けて強くなったやつもいる。同じオークでも魔王軍本隊の指揮下に組み込まれているやつは加護レベルが高く強い」

「あんた達って、こんな戦いをずっとしてきたの？」

「俺らは部隊を率いているわけじゃないからな。こうやって少数で無理をしないと、魔王軍とは対等に戦えない」

常識的に考えれば、１００を超えるオークの軍勢に対し、たった2人で襲撃するなど正気の沙汰《さた》ではない。だが、正気の戦略じゃ、たった5人で魔王軍と渡り合うなんてできるものか。

ああそうとも、本音を言えば怖いさ。何十ものオークやデーモンの軍勢相手に、剣と鎧を頼みに斬り込む時は、何度経験しても逃げ出したくなる。

一糸乱れぬソルジャーデーモンどもが並べる槍衾《やりぶすま》を剣でかき分け突撃し、四方八方から振り下ろされる槍の殴打を掻《か》い潜《くぐ》り、限界を超えて全身が熱を持っても剣を振るう。剣を置いたら死ぬだけだ。

俺はいつしか剣が手元になければ落ち着かなくなった。寝る前に枕元に剣を置かなければ一睡もできない。剣さえあればどんな荒野の真ん中でも眠れるくせに、剣がなければ数百の兵に守られた都市の中でも眠れないのだ。

「どうしたのよ、怖い顔して……」

「ああ、ごめん。少し考え事してた」

「こんな戦いの最中に？」

「それを言ったらリットは座り込んでるじゃないか」

俺が手を差し伸べると、リットは顔を赤くして俺の手を取り立ち上がった。

「手強《てごわ》いのを倒して、少し気が抜けただけよ」

「他にもあれくらいのがいるかもしれないぞ」

「その時はまたやっつければいいでしょ」

その自信満々な顔を見ていたら、なぜか肩の力が良い意味で抜けていくのを感じた。

俺はリットの顔を見て、安心を感じていたのだった。

「また2人で連係してか？」

「ち、違うわよ！　こんどは私1人で十分なんだから！」

そう言ってから、リットはゴニョゴニョと口の中で呟《つぶや》いたあと、うつむき言葉を付け足した。

「ま、まぁ、もし1人じゃ厳しい相手なら、また一緒に戦ってもいいわよ。私のこと信じてくれたし。一緒に戦うときくらいは、あなたのことも信じてあげる」

「そりゃさっきはリットが俺のことを信じてくれたからな。俺を守ってくれてありがとう」

「あんた、そういう面と向かってのお礼とか、恥ずかしがらずにさらっと言えるのってすごいわよね。ちょっとだけ尊敬してあげるわ」

「リットが照れ屋なだけだと思うけどなぁ」

「だ、誰が照れ屋よ！　誰が！」

俺は笑った。

思い返せば、この時から俺はリットのことが好きになっていたのかもしれない。

なぜならば、俺はこの瞬間、戦いのことも、責任のことも、腰に佩《は》いた剣の重みも忘れていた。

ただ、目の前にいるリットの声だけが、俺へと届いていた。

もっと話していたいと思っていた。もっと見ていたいと思っていた。

リットの空を映したような青い瞳《ひとみ》に、流れるような金色の髪に、美しい曲線を描くその身体に、意志の強いその顔に、よく怒りよく笑うその口に、細く繊細なようで力強いその指に、赤いスカートから伸びる健康的なその太ももに、そして、いつだって誰にも依存せず自分の足で立ち続けるその性格に……。

＊　　＊　　＊

「そのすべてが、なんだか愛《いと》おしくなって、あの時から俺はリットと会うのを心待ちにしていたんだ」

「レッド？」

指輪を右手に握ったまま、俺は自分の中に湧き上がる感情と向き合っていた。

でも、こんなに好きなのに、なぜ俺はゾルタンで自分から声をかけられなかったのか。

アレスに追い出されて、俺は自分で思っていた以上に傷ついていた。もし、リットからも拒絶されたらと思うと、どうしても声をかけることができなかった。

そのくせ、仲間にも黙って出てきたのに、リットのいるゾルタンから出ていくことができなかった。

戦いのない日常《スローライフ》を目指しているくせに、剣が手放せず銅の剣を常に身につけていたのと同じだ。

俺は中途半端に揺れていた。

そんな俺のところへ、リットは来てくれた。一緒に暮らすと言ってくれた。

だから俺は幸せになれた、この幸せを奪おうとするどんな戦いでも勝つことができた。

俺はリットがいてくれたから、ここにいるんだ。

「ずっと前から、ロガーヴィアで出会った頃から好きだ」

湧き上がった感情が口から溢れた。

リットの顔が赤くなる。だが俺は自分を止めることができず、口から次々に言葉が溢れた。

「自分でもリットのことがこんなに好きだったなんて気が付かなかった。愛してる。本当に愛してる」

だめだ、止まらない。セリフもなにもないが、このままいくしかない。

俺は右手の中にある指輪をリットへ差し出す。

「レッド……」

リットの瞳がキラキラと輝き、揺らいだ。

「もし良ければ俺と結婚……いや違うな。リット、お願いだ。俺と結婚して欲しい。俺はもう英雄じゃない。お姫様の相手としてはふさわしくないかもしれない。でも、俺にできる限りの幸せを約束する。それに毎朝、君のために朝ごはんを作るよ、約束する」

「うん……私からもお願いします。私と結婚してください。王族を捨てて、私はただのリットになるかもしれない。でも私はあなたを愛すると約束する。たとえ2人がしわくちゃのお爺《じい》ちゃんとお婆ちゃんになったとしても、私は生涯あなたの側にいる」

リットは、俺から指輪を受け取り、自分の左の薬指へ通した。

リットの瞳によく似た色のブルーサファイアをあしらった指輪が、燭台《しょくだい》の光を浴びて輝いていた。

「嬉《うれ》しい……夢みたい」

こらえきれなくなったのかリットの目元が歪《ゆが》んだ。

涙がこぼれ落ちる。

こらえきれないのは俺も同じだ。俺はリットの身体を抱きしめ、その温かな体温を感じていた。

＊　　＊　　＊

２日後、お昼頃。

「「「おめでとう!!!」」」

祝福の言葉と歓声が響く。

今日は俺の家の庭でパーティーが開かれていた。

「ようやくプロポーズしたのか」

「ヘタレ」

ゴンズとストサンが俺の前に来て囃《はや》し立てる。

「義兄《にい》さんは素直じゃないんだから」

「レッド兄ちゃんがプロポーズしたって聞いた時、ゴンズは泣いて喜んでたよね」

「ば、馬鹿野郎！」

ミドとタンタだ。

２人に暴露され、ゴンズは顔を赤くして怒っている。

「ゴンズが怒ったー！」

「あはは、タンタ逃げるぞー」

ミドはタンタを抱き上げ逃げていく。

タンタはキャッキャと楽しそうに笑っていた。

「リットちゃんもついに結婚だね」

「まだ気が早いよ」

ナオはリットと話している。

「何言ってるんだい、プロポーズを受けたらもう結婚まですぐだよ。というか、すぐ結婚して縄かけとかないと、男なんてすぐフラフラしちゃうんだから」

「縄って、ミドはそんなんだったの？」

「いいや……あの人にそんな度胸はないね！　腕っぷしはからっきしだけど、一途《いちず》で良い男なんだよ」

「いいわね、私もナオみたいな家庭を作りたい」

盛り上がっているみたいだな。

ミド、ナオ、タンタは素敵な家族だ。

あんな家庭を俺も築けるだろうか。

「レッド君」

「ニューマン先生、忙しいのに来てくれたんだ」

「もちろんだとも。レッド君の婚約パーティーだ、診療所を閉めてでもお祝いさせてもらうよ」

「私もお邪魔してますー、このサラダめちゃ美味《おい》しい！」

ニューマン先生と診療所でアルバイトをしているエレノアだ。

「気に入ってくれたようで良かった、そのサラダは俺が作ったんだぞ」

「え？　今日の主役なのに料理準備したのレッドさんなの？」

「全部じゃないけど、こうして祝ってくれる人達に俺の料理を食べて欲しい気分になっていくつか作ったんだ」

「んー、これは彼氏ポイント大幅アップ！　リットさんの彼氏を選ぶ目は確かね！」

そう言ってエレノアはサラダをまた食べだした。

エレノアはとても美味しそうに食べるな。

作った甲斐《かい》があったというものだ。

「素敵なパーティーね」

「ヤランドララ」

ニューマン達と入れ替わりでやってきたのはヤランドララだった。

「今日は来てくれてありがとう」

「当然来るわよ、あなたとリットの婚約パーティーなのよ！」

ヤランドララは強い口調で分かっている事を聞くなと注意してきた。

嬉しい気持ちになる。

「リットもおめでとう！」

「ありがとうヤランドララ」

ヤランドララはリットの手を取って喜んでいた。

「ロガーヴィアの惑わしの森で、ヤランドララが私の背中を押してくれたから、私はこんなにも幸せになれたよ」

「ふふ、私こそ、私の大切な友達を幸せにしてくれてありがとう」

それからヤランドララは俺の方へと向き直った。

「ヤランドララ」

「レッド、あなたの口からもう一度聞かせて」

ヤランドララは真っ直ぐ俺を見ている。

彼女との思い出が蘇《よみがえ》ってきた。

ヤランドララと出会ったのは俺が9歳の時。

王都でバハムート騎士団の見習いとして働いていた頃だ。

家族から離れ王都で暮らす俺にとって、ヤランドララは年の離れた姉のように感じていた。

あれからずいぶん時間が経った。

「ヤランドララ、俺はリットと結婚する」

「うん」

「俺は幸せだよ、ありがとう」

「ッ!!!」

ヤランドララが俺に飛びつき抱きしめた。

「や、ヤランドララ!?」

「私、あなたのことがずっと心配で！　いっつも無理して抱え込んで!!　このままじゃいつか死んじゃうって思ってた!!!　でも私じゃ止められなくて!!!」

「……そうだな、ごめんねララ姉さん、ずっと心配かけて」

周りの目があるからと引き離そうとした俺の手は、ヤランドララの嗚咽《おえつ》を聞いて止まる。

ヤランドララは泣いていた……俺は大切な友達にずっと心配をかけてきたのだ。

「幸せになってくれてありがとうレッド」

ヤランドララは震える声でそう言ってくれた。

俺は本当に良い友達を持った。

＊　　＊　　＊

ヤランドララが落ち着き離れたのを見計らって、今度はヴァン達がやってきた。

「おめでとうレッドさん、僕にはまだ結婚とかはよく分からないけど、レッドさんが嬉しそうなのは分かるよ」

「おめでとうリット！　んー!!　こういうの素敵ね、私もヴァンと早く結婚したい！」

ラベンダが騒ぎ、ヴァンはよく分かっていない様子でぼんやりしている。

この光景も、もうすぐ見られなくなるのか。

ヴァン達のゾルタンでの用事は全て終わった。あと数日のうちにゾルタンを出ていくだろう。

「おめでとうレッド」

「おめでとうございます」

エスタとアルベールだ。

「２人ともありがとう」

「まさかレッドを祝福する日が来るとは。２人の道がいつまでも寄り添っていることを祈っているよ」

エスタは聖職者らしく俺達の幸福を祈った。

「デミス神がこの祈りを受け取ってくれないとしても、私は2人のために祈りたい……それがきっと信仰の本質なのだと最近思うようになった」

エスタはそう言って笑う。

「今の問題発言は聞かなかったことにしてやろう」

リュブがため息を吐いている。

「まさかリュブ猊下《げいか》が来られるとは思いませんでした」

「私は高徳の聖職者だぞ、この私に結婚を祝福されることは滅多《めった》に無い名誉なことだ」

言い方はアレだが、リュブなりに俺達に感謝を表したいらしい。

リュブは朗々と結婚の祈禱《きとう》文を読み上げる。

さすが枢機《すうき》卿《きょう》だ。

リュブに反感を持っているゾルタン人達ですら食べるのを止めて聞き入ってしまう祈りだった。

「ありがとうございます」

素直にお礼を言っておこう。

「……あとはそうだな、君に話しておきたいことがある」

「話しておきたいこと？」

「私には関係のない話だが、まぁ聖職者としての務めだな……ここで話す内容ではないから、明日私のもとへ来い」

「はぁ」

なんだろう？

リュブからは悪意を感じないし、明日行ってみるか。

その後ヴァン達は少し話し、料理の方へと戻っていった。

「んー、大盛況だね」

リットが俺の隣に来て言った。

パーティーにはたくさんの人が来てくれた。

この店の開業祝いで集まった時よりもずっと多くなった。

ゴンズ達、下町の友達。

一緒に旅をしたヤランドララ、ダナン、エスタ。

かつて敵として剣を交えたアルベールやヴァン達。

偶然ゾルタンに戻ってきたアル達に、一緒に〝世界の果ての壁〟を旅したミストームさんやモグリムやゴドウィン。

店の常連さん、お得意様の医者達、冒険者ギルドの冒険者達、商人ギルドの商人達。

トーネド市長やゾルタン議会の貴族達も来てくれた。

他にもたくさん……。

「レッドさん」

「ん、君は？」

教会の若い僧侶《そうりょ》だ。

「前にレッドさんに助けてもらいました」

「ああ、ヴェロニア王国との騒動の時、盗賊ギルドのチンピラに絡まれていた子か」

「はい！　あれから私も剣の稽古《けいこ》をするようにしたんです。レッドさんの持っている剣と同じ長さのものをモグリムさんに鍛えてもらいました」

若い僧侶はキラキラした目で俺を見ている。

ちょっとむず痒《がゆ》いな。

「私はまだ修行中の身ですが、僕が憧《あこが》れた人の婚約をどうか祈らせてください！」

「ありがとう、嬉《うれ》しいよ」

リュブのような上手《うま》い祈禱ではなかったが、それはとても心のこもった祈禱だった。

「おめでとうございますレッドさん！」

最後にそう言って、若い僧侶は教会仲間のテーブルへと戻っていった。

「すごいよね」

リットが嬉しそうに言った。

「私達の幸せを嬉しいと思ってくれる人がこんなにたくさんいるんだよ」

「そうだな……しかもこのゾルタンで俺は騎士じゃない」

「私もお姫様じゃない」

それでも、こんなにもたくさんの人達が「おめでとう」と言ってくれた。

「嬉しいな」

「嬉しいね」

俺達は2人で笑い合う。

そこに……。

「お兄ちゃん」

「ルーティ！」

ルーティとティセとうげうげさんがいた。

「おめでとうございますレッドさん」

「ありがとうティセ」

うげうげさんも嬉しそうに両前脚を揺らして、俺達のことをお祝いしてくれている。

そして。

「ルーティ……」

俺はルーティと向かい合った。

ルーティはじっと俺の目を見つめた。

俺は、アレスによってパーティーを追い出されるまで、ずっとルーティのために生きてきた。

『勇者』という過酷な宿命を背負った妹が、幸せに過ごせることが俺の夢だった。

「俺はリットと結婚するよ」

俺はルーティにそう言った。

ルーティの赤い瞳《ひとみ》が揺れる。

ルーティの小さな口が開き……笑った。

「ありがとう、お兄ちゃんは今とても幸せそう、私はそれがとても嬉しい」

「ありがとう、ルーティがそう言ってくれて、俺も何より嬉しいよ」

「おめでとう、お兄ちゃん、リット」

かつて俺はルーティの笑顔を守るために戦った。

それが今は、俺の幸せを想ってルーティが笑ってくれる。

ルーティはとても優しく成長した。

あぁ、俺はルーティのお兄ちゃんで良かったと心から思った。

幸せなパーティーだった。

＊　＊　＊

パーティーから4日後。

準備を終えたヴァン達は、予定通りウェンディダートに乗ってゾルタンから出港していった。

騒がしかった日々も終わり、俺は店で平和な昼下がりを過ごしている。

「いらっしゃい」

「よう、邪魔するぜ」

店に入ってきたのは武闘家の服を着た大柄の男……ダナンだった。

「ダナンか、婚約パーティーの日以来じゃないか」

「おうよ、ちょいとやりたいことがあってここ数日、部屋にこもってたんだよ」

「やりたいこと？」

ダナンが部屋で何日も過ごすとは珍しい。

「まっ、それはともかく」

ダナンは俺の目の前に立つ。

「これからゾルタンを出る」

「……急だな」

「見送りはいい、別れはここで済ませよう」

「何でだよ、せめて城門で見送らせてくれよ」

「いいんだよ、ここで別れれば」

ダナンは豪快に笑った。

店の奥にいたリットが慌てて出てくる。

「もう行っちゃうの⁉」

「おうリット！　俺は戦うことしかできない男だからな！」

「私もダナンのことゾルタンの城門で見送りたいな」

「あー、まぁなんだ」

ダナンは左手で頭をかき、懐から何かを取り出した。

「俺には結婚する仲間に渡す気の利いたものとかよ、分からねぇから……俺が親父から教えてもらった物を贈ることにした」

「これは、鈴か？」

ダナンが俺に手渡したのは小さな鈴だ。

振るとよく通る綺麗《きれい》な音がした。

「これもしかしてダナンが作ったのか？」

「まぁな……ガキはすぐどっか行っちまうだろ？　その鈴は作り手の癖によって音が変わる、俺が作った鈴の音は世界に1つしかないんだよ。だからガキがどこかへ行っちまっても、鈴の音さえ覚えていれば気がつくし、見つけられる。俺の故郷の習慣で、俺も親父か

ら作り方習ったんだ」

「驚いたな」

ダナンが、俺達の子供のために贈り物を用意してくれたのだ。

「すごく嬉しいよ、ありがとう」

「へへ、まぁ魔王をぶっ殺した後でよ、いつかお前達のガキの顔を見に来るぜ」

ダナンは少し照れくさそうに笑った。

「これを渡した後で街道を歩く俺の姿を延々見送られるのはこっ恥ずかしいだろ、だからここでさよならだ」

「そうかもな……なぁダナン」

「なんだ？」

「俺はダナンと一緒に旅ができて、戦友になれて良かった」

「当然俺もだ！　お前もリットも、誇りに思える友だった！」

ダナンはそう言って、俺とリットの手をそれぞれ握る。

俺はこの力強い手のことを一生忘れないだろう。

「じゃあなレッド、リット……達者でな」

こうして、ダナンはゾルタンを去ったのだった。

出会いがあり、別れがある。

英雄達はゾルタンを去り、ゾルタンは辺境らしい退屈で幸せな日常を取り戻す。

次は結婚式の準備か、頑張らないとな。

……だけど1つだけ気がかりなことが残ってしまった。

それは世界の命運とは関係のない、この世界の住人なら誰もが悩むありふれた事柄。

でも当人とその親しい人達にとっては人生を変える大きな騒動だ。

俺はリュブと話した日のことを思い返す。

＊　　＊　　＊

リュブ枢機卿《すうききよう》が宿泊している宿。

俺はノックをした。

「リュブ猊下《げいか》」

「レッドか、入りなさい」

中ではリュブが赤いワインを飲みながら葉巻を吸っていた。

「ここは葉巻が輸入物しかないから高くていかんな、ゾルタンでも葉巻を作るべきだとは思わんかね？」

「さぁ」

俺は肩をすくめる。

リュブは葉巻を置くと、俺に扉を閉めるよう促した。

俺は指示された通りに扉を閉め、リュブの正面にある椅子に座る。

「そう大きな話ではないのだがね」

リュブは葉巻を置いた。

「これでも君には感謝しているのだ、私なりにね。だからこれから伝えることはただの好意からくるものだ」

「はぁ」

「君の友人のタンタという少年のことだ」

「タンタ⁉」

思いも寄らない名前が出てきた。

タンタとリュブに接点はなかったはずだ。

「私は枢機卿として、ある種の加護について知識と経験を得ている」

「知識と経験ですか？」

「一般的に加護に触れる以前の状態では与えられた加護を識別するのは不可能だと言われている」

「ええ、〝鑑定〟スキルにも反応しないと聞きます」

「ああ、デミス神の与えてくださったスキルですら分からないのだから、人が区別できるはずがない、という考え方だな」

「……違うのですか？」

「ある種の強力な加護については違う、その見分け方を教会の枢機卿は学ぶ必要があった」

「まさか」

タンタの加護は……。

「もしあのタンタ君が教会の権力闘争を勝ち抜き偉大な人間になりたいというのなら私が後見人になろう。だがそうでないのならマロジア枢機卿を頼るといいだろう、枢機卿の中では比較的〝マシ〟な者だ、紹介状も書いてやる」

「待ってください、それじゃあタンタの加護は……！」

「タンタ君に与えられた役割は私と同じ『枢機卿《カーディナル》』だ」

叔父《おじ》であるゴンズや父親のミドに憧《あこが》れ大工を目指すタンタ。

だけど加護は夢を叶《かな》えてくれるとは限らない。

「私とマロジア枢機卿、どちらも嫌だというのなら……君が導いてやれ」

リュブはそう俺に言った。

言われるまでもない。

タンタは俺の友達だ。

俺は加護がタンタの将来を捻《ね》じ曲げることが無いように、俺の知識と力を使うことを決意したのだった。

あとがき

この本を手に取ってくださった皆さん、本当にありがとうございます！

ついに10巻！　大きな目標だった2桁に到達できました！

最初だけ強い、もう役割を終えたキャラが勇者パーティーから追放されることで始まった物語は、新しい勇者を送り出す物語まで進む事ができました。

『導き手』のレッドが、『導き手』としての役割に無いスローライフで得たものが、偽物の勇者を真の勇者へと導くことができた。遠回りしたからたどり着けるハッピーエンドもある、そんなお話でした。

そして、5巻から続いていたレッドのプロポーズも、ついに指輪を贈り2人の関係も大きな節目を迎えました。恋人から婚約者へと関係が変わった2人がどうなるか。そしてこれまで勇者ヴァンがいたことで裏方に回ることが多かったルーティも、次は大活躍するでしょう。結婚は認めていてもお兄ちゃんの恋人になることを諦めていないルーティが、どんな楽しいことをしでかすのか、楽しみにしていただけたら嬉《うれ》しいです。

さて、9巻と10巻の間にあったことと言えば……生まれてはじめて交通事故にあって入院と手術を体験しました……。

忘れもしないアニメ放送開始まであと2週間を切った日、お昼を食べに行こうと外を歩いていた私は、歩道に突っ込んで来た自動車に轢《ひ》かれて2ヶ月程入院することになりました。

アニメの第一話は悲しいことに消灯時間の過ぎた病室のベッドの上で、足の骨折で寝返りも打てないまま、光が漏れないよう毛布を被りスマホの小さな画面で視聴することになったのです。

人生何が起こるか分からないものですね、自動車には勝てなかったよ。

皆さんもどうかお気をつけください、交通事故はしんどいです。

というわけで私の入院中、本作のアニメが２０２１年10月から12月にかけて放送されました！

いやぁ、自分の小説がアニメとなって動いて、喋《しゃべ》っているのを見るのは格別に嬉しいですね。皆さんも見ていただけたでしょうか？

配信やレンタルもあると思いますので、まだ見ていない方はぜひ！

鈴木《すずき》崚《りょう》汰《た》さん演じるレッドのかっこよさ、高尾《たかお》奏音《かのん》さん演じるリットの可愛さ、そして勇者ルーティという複雑なキャラクターを演じきった大空《おおぞら》直美《なおみ》さん。

八代《やしろ》拓《たく》さんのアレスは憎たらしくも、ラストの追い詰められた演技は圧巻でした。雨宮《あまみや》天《そら》さんの演じるヤランドララの良きお姉さん感も素晴らしいものでした。1期の範囲だと、ヤランドララの出番はどうしても少なめになってしまったので、ぜひ2期をやってもっと雨宮天さんのヤランドララを聞いてみたいです！

語りだしたらキリがないくらいありますが、あとがきのページ数も制限がありますので、ここらへんで。原作者としてはとても幸せなアニメでした。読者の皆さんにとっても同じであればなお良いのですが。

池野雅博《いけのまさひろ》先生の手掛けるコミックスも順調に連載を続けています。ついに内面が明らかになったティセの愉快なリアクションは必見ですので、こちらもぜひ！　私も毎月楽しみにしています。

コミックスといえばスピンオフ漫画（「真の仲間になれなかったお姫様は、辺境でスローライフすることにしました」）も始まりました。

作画は東大路《ひがしおおじ》ムツキ先生、英雄リットが主役でロガーヴィアでレッドと別れてからゾルタンの冒険者として活躍し、リットと呼ばれるようになる話の予定です。東大路先生はエロ可愛い女性がすごく上手《うま》い方なので、こちらもすごく楽しみですね。

さらにメディアミックスとしてPCゲームも発売しております。

タイトルは「Slow living with Princess」。愛称はスロプリです。

いきなりルーティが1人でゾルタンにやってきてレッドと一緒に住み始めるなど、小説とはまた違ったシナリオが展開されます。ルーティ一筋プレイもできます。

私は中学生の頃の夢にゲームクリエイターと書いたのですが、まさかこんな形で叶《かな》うとは思いませんでした。

悪いことも、良いことも、人生は本当に何が起こるか分からないものです。

さて、この本が出来上がるのに今回もたくさんの方々の協力が欠かせませんでした。

特に今回は、事故により指を骨折するという作家にとって恐ろしい状況にあったのですが、道路に倒れて動けなかった私を助けてくださった皆様。懸命に治療してくださった先生と看護師、看護助手の皆様。動かなくなった指と脚が機能を取り戻すよう様々なリハビリを行ってくださった理学療法士と作業療法士の皆様。

この本を読者に届けられたのはあなた方のおかげです、本当にありがとうございました。

また11巻でお会いしましょう！

２０２２年　リットのタペストリーの前で　ざっぽん

イラスト担当のやすもです。
今回も楽しく描かせていただきました！

真《しん》の仲間《なかま》じゃないと勇者《ゆうしや》のパーティーを追《お》い出《だ》されたので、辺境《へんきよう》でスローライフすることにしました10

著　ざっぽん

角川スニーカー文庫　23128

2022年4月1日　初版発行
2022年5月15日　再版発行

発行者　青柳昌行

発　行　株式会社KADOKAWA
〒102-8177 東京都千代田区富士見2-13-3
電話　0570-002-301（ナビダイヤル）

印刷所　株式会社暁印刷
製本所　本間製本株式会社

Printed in Japan　ISBN 978-4-04-111749-1　C0193

★ご意見、ご感想をお送りください★

〒102-8177 東京都千代田区富士見 2-13-3
株式会社KADOKAWA　角川スニーカー文庫編集部気付
「ざっぽん」先生
「やすも」先生

［スニーカー文庫公式サイト］ザ・スニーカーWEB　https://sneakerbunko.jp/

角川文庫発刊に際して

角川源義

第二次世界大戦の敗北は、軍事力の敗北であった以上に、私たちの若い文化力の敗退であった。私たちの文化が戦争に対して如何に無力であり、単なるあだ花に過ぎなかったかを、私たちは身を以て体験し痛感した。西洋近代文化の摂取にとって、明治以後八十年の歳月は決して短かすぎたとは言えない。にもかかわらず、近代文化の伝統を確立し、自由な批判と柔軟な良識に富む文化層として自らを形成することに私たちは失敗して来た。そしてこれは、各層への文化の普及滲透を任務とする出版人の責任でもあった。

一九四五年以来、私たちは再び振出しに戻り、第一歩から踏み出すことを余儀なくされた。これは大きな不幸ではあるが、反面、これまでの混沌・未熟・歪曲の中にあった我が国の文化に秩序と確たる基礎を齎らすためには絶好の機会でもある。角川書店は、このような祖国の文化的危機にあたり、微力をも顧みず再建の礎石たるべき抱負と決意とをもって出発したが、ここに創立以来の念願を果すべく角川文庫を発刊する。これまで刊行されたあらゆる全集叢書文庫類の長所と短所とを検討し、古今東西の不朽の典籍を、良心的編集のもとに、廉価に、そして書架にふさわしい美本として、多くのひとびとに提供しようとする。しかし私たちは徒らに百科全書的な知識のジレッタントを作ることを目的とせず、あくまで祖国の文化に秩序と再建への道を示し、この文庫を角川書店の栄ある事業として、今後永久に継続発展せしめ、学芸と教養との殿堂として大成せんことを期したい。多くの読書子の愛情ある忠言と支持とによって、この希望と抱負とを完遂せしめられんことを願う。

一九四九年五月三日